Andrea Schacht

Der fliegende Weihnachtskater

atb aufbau taschenbuch

Andrea Schacht lebt als freie Schriftstellerin in der Nähe von Bad Godesberg. Neben erfolgreichen historischen Romanen hat sie etliche Bücher veröffentlicht, in denen Katzen eine Hauptrolle spielen. Bei Rütten & Loening liegen von ihr vor: »Die keltische Schwester«, »Schiffbruch und Glücksfall«, »Die Herrin des Labyrinths« sowie die Weihnachtsbücher: »Das doppelte Weihnachtskätzchen« und »Weihnachtskatze gesucht«.

Im Aufbau Taschenbuch veröffentlichte sie »Der Tag mit Tiger«, »Auf Tigers Spuren«, »Tigers Wanderung«, »Hexenkatze«, »Die Katze mit den goldenen Augen« sowie »Katzenweihnacht«, »Morgen Katzen wird's was geben« und »Zwei Katzen unterm Weihnachtsbaum«.

Eigentlich wollte Amita Rosenhag in Indien nur einen Teppich kaufen, doch als sie ihn in Deutschland in Empfang nimmt, findet sich eine abgemagerte Katze in dem kostbaren Stück. Shardul, ein Streunerkater, scheint es seiner neuen Herrin übelzunehmen, dass sie ihn in ihr kaltes, unwirtliches Zuhause mitgenommen hat. Er ist ein arger Rabauke, der sich nicht anfassen lässt – der aber über Zauberkräfte verfügt. Als Erste begreift das Janina, die Tochter ihres überaus attraktiven Nachbarn. Und dann, kurz vor Heiligabend, nehmen die turbulenten Verwicklungen ihren Lauf ... Shardul lernt fliegen, um Amita und Janina zu retten.

Andrea Schacht

Der fliegende Weihnachtskater

Roman

aufbau taschenbuch

FSC
www.fsc.org
MIX
Papier aus verantwortungsvollen Quellen
FSC® C083411

ISBN 978-3-7466-2991-9

Aufbau Taschenbuch ist eine Marke
der Aufbau Verlag GmbH & Co. KG

1. Auflage 2013

Die Originalausgabe erschien 2011 bei Rütten & Loening,
einer Marke der Aufbau Verlag GmbH & Co. KG
Umschlaggestaltung Mediabureau Di Stefano, Berlin
unter Verwendung eines Motivs von © exxorian/iStockphoto
und © Anne Robinson/Bridgeman Berlin
Druck und Binden CPI – Clausen & Bosse, Leck
Printed in Germany

www.aufbau-verlag.de

Dramatis Personae

Shardul – ein indischer Kater, der eine Obsession pflegt

Amita Rosenhag – eine äußerlich kühle, jedoch leicht reizbare Pilotin

Remo Schulze – ein Fluglotse mit Schandmaul

Janina – seine Tochter, die sich aufs Wünschen versteht

Thomas Wilhelmi – Amitas Co, ein frisch gebackener Pilot

Eva – eine tapfere Flugbegleiterin

Mart Andersen – ein Passagier mit Flugangst

Meena – Amitas geliebte, verstorbene Katze.

Erziehungsversuche

Sie stellte mir das Futter hin. Ich umkreiste den Napf mäkelig, obwohl mein Magen leise knurrte. Aber das würde ich ihr gegenüber nie zugeben. Auch nicht, dass ich mich an den Braps gewöhnt hatte. Darum rümpfte ich deutlich die Nase darüber und drehte ihr meinen Hintern zu.

»Ist wieder nicht recht, Shardul? Tut mir leid, ich habe heute Morgen keine Zeit, dir ein Lachsfilet zu braten. Aber ein Schälchen Sahne sollst du noch bekommen.«

Nein, bestechlich bin ich auch nicht. Zumindest würde ich ihr nicht die Genugtuung geben, dass ich es vor ihren Augen ausschlappte. Deshalb zockelte ich ins Wohnzimmer, um den süßen Duft aus der Nase zu bekommen, und nahm meine täglichen Erziehungsversuche auf. Dieser verdammte Teppich musste doch endlich mal meinen Wünschen gehorchen. Gerade heute früh war ich wieder besonders wütend auf ihn. Ein Jahr lang prügelte ich jetzt schon auf ihn ein, und nichts tat sich.

Ich nahm also Anlauf, sprang auf die Ecke, packte sie mit den Krallen und überschlug mich. Dann trommelte ich mit den Hinterpfoten auf die so entstandene Rolle, biss in die Fransen und knallte dem faulen Hund die Tatzen um die Kanten.

Und dann hörte ich ihr Lachen.

Die lachte über mich. Über mich lachte die!

Ich ließ die Ecke fahren, stellte mich aufrecht hin, hob den Schwanz und pinkelte in hohen Bogen auf den Teppich.

Sie hörte auf zu lachen,

»Shardul, du bist ein Ferkel!«

Mit energischen Schritten kam sie auf mich zu.

Ich weg, hinter den Vorhang.

Ja, ja, ja, es war eine Übersprungshandlung.

Nein, nein, ich wusste ja, dass sich das nicht gehört. Im eigenen Revier und so.

Aber der Teppich war Schuld.

In echt!

Und sie war jetzt sauer und zerrte ihn raus auf die Dachterrasse. Schrubbte wütend an dem Fleck herum und hängte den Lappen dann über die Brüstung des Geländers.

»So, ich muss weg, Shardul. Und der Teppich bleibt besser draußen.«

Sie sah mich grimmig an.

Ich sah betreten auf meine Pfoten.

Doch dann sank ihre Stimme wieder sanft und leise auf mich nieder.

»Heute Abend komme ich wieder, und deine Freundin Janina kehrt heute auch zurück, Shardul. Anschließend bleibe ich fünf Tage hier und spiele mit dir, einverstanden?«

Ich guckte weiterhin auf meine Pfoten. Sie beugte sich runter zu mir. Ich sah ihr weißes Hemd unter der blauen Jacke mit den Goldstreifen auf den Schultern dicht vor mir.

»Ach, mein kleiner Tiger, ich wünsche mir so, du würdest ein bisschen Vertrauen zu mir haben.«

Ihre Hand kam näher, als wollte sie mich anfassen.

Ich hob die Kralle.

Weder klein noch dein, nur Tiger, fauchte ich.

Sie zog die Hand zurück.

»Na, tschüß dann, Shardul.«

Klang irgendwie traurig.

Aber wen interessiert das schon?

Die Tür fiel hinter ihr zu, und ich trabte in die Küche. So schlecht war das Futter nämlich nicht. Also, damals im Bazar hatte ich manchmal Abfälle fressen müssen, die ekeliger waren als das hier. Und die Sahne war – na ja, die war die Krönung. Ich putzte das Schälchen gründlich sauber. Vor ihrem Kommentar darüber konnte ich ja später meine Ohren verschließen.

Das beherrschte ich hervorragend.

Dann hätte ich mich gerne auf dem Teppich zusammengerollt, aber der hing jetzt draußen. Und draußen war es kalt.

Wie überhaupt das Klima hier scheußlich war! In meiner Heimat war es weit angenehmer.

Soweit ich mich erinnern konnte. Warm und feucht und – äh, ja, manchmal zu warm und zu feucht. Aber wenigsten nie so kalt, dass einem die Ballen froren und die Ohren eisig wurden.

Also gut, wenn schon nicht Teppich, dann wenigstens mein zweiter Lieblingsplatz. Ich sprang auf den Sessel und drehte mich zurecht, um aus dem Fenster zu schauen. Das einzige bisschen Freiheit, das ich noch hatte. Ich, ein ungebundener Kater, der den Bazar von Jaipur sein Revier nennen konnte.

Was blieb mir da noch von? Eine Dreizimmerwohnung mit Dachterrasse und ein Teppich. Gut, sie hatte eine Klappe ins Fenster eingebaut, und wenigstens durch die konnte ich mich nach draußen begeben, um dem Flug der Vögel und Flugzeuge am Himmel zu folgen.

Schöne Scheiße das!

Was das Fliegen anbelangte, meine ich. Die Frau ging fast jeden Tag aus dem Haus und setzte sich in so eine Maschine und flog. Ja, das tat die. Maschine! Man stelle sich das vor!

Wie grauenvoll das war, wusste ich nur zu gut.

Ein Grund mehr, sie nicht leiden zu können.

Ich brütete düster vor mich hin – vielleicht schlief ich auch ein bisschen –, und dabei kam mir die unbequeme Erkenntnis, dass ich ja im Grunde dieses unselige Schicksal, in dem ich jetzt gefangen war, ein klein wenig auch selbst verschuldet hatte.

Hätte ich mich in dem Bazar nicht in diese Teppichrolle verkrochen und wäre eingenickt, hätte man nicht unbemerkt den Überzug darüber stülpen können, so dass ich nicht entkommen konnte. Zu spät hatte ich es gemerkt. Und darum hatte man mich weggeschleppt. Man hatte mich auf ein holperndes Ungeheuer geladen. Man hatte mich durchgeschüttelt. Man hatte mein Kreischen und Heulen entweder nicht gehört oder wollte es nicht wahrnehmen. Man hatte mich irgendwo hingeworfen.

Zeit verging – viel Zeit. Ich wurde hungrig, ich wurde durstig. Ich versuchte zu schlafen, bis man mich befreite.

Tat man nicht. Aber die Teppichrolle wurde wieder hochgenommen, und ein wahres Martyrium begann. Es dröhnte, es heulte, es stank, es schwankte, es schaukelte, und mir wurde übler und übler. Nur war in meinem hungrigen Bauch nichts mehr drin, was noch rausgewürgt werden konnte.

Resigniert war ich dann wieder in einen Halbschlaf versunken und erwartete den Tod.

Der aber nicht eintrat!

Vielleicht – ganz vielleicht war mein jetziges Schicksal einen Hauch besser.

Aber das heißt nicht, dass ich dieser hinterlistigen Entführerin ihre Tat verzeihe.

Nie nicht!

Über den Flügeln

Remo Schulze schüttelte den Kopf, ohne den Blick vom Bildschirm zu nehmen.

»Nein, heute nicht.«

»Was – willst du deinen Lieblingskapitän nicht mit einer kleinen Aufmunterung willkommen heißen?«

»Weihnachten ist das Fest des Friedens. Ich habe beschlossen, heute Milde walten zu lassen. Übernimm du den Flug.«

Er ließ den Blick von seiner luftigen Höhe oben im Tower über das Flugfeld schweifen. Maschine um Maschine schwebte ein, andere hoben im Minutentakt ab. Es war die Zeit, in der besonders viel Betrieb herrschte. Unter den ankommenden Flügen würde auch gleich die Maschine aus Köln eintreffen. In ihrem Cockpit Kapitän Rosenhag.

Amita Rosenhag, eine der wenigen weiblichen Pilotinnen.

Und zufällig auch seine Nachbarin.

Manchmal traf er sie, wenn sie aus dem Haus ging, und verkühlte sich die Ohren bei ihrem frostigen Gruß. Heute Morgen aber war sie vor ihm aufgebrochen, sie hatte den frühen Pendelflug zwischen Berlin und Köln übernommen.

»Sie hat Thomas, den Hochtöner, als Co«, bemerkte ein anderer Kollege und verdrehte die Augen. »Hat also sowieso keinen Zweck, sie anzumachen.«

»Ich mache sie nicht an.«

»Für mich hört sich das aber so an.«

»Falsch, ich bringe sie auf die Palme. Aber wenn sie den hochfliegenden Thomas dabei hat, dann braucht sie meine Unterstützung nicht zusätzlich.«

Sein Kollege lachte trocken auf.

Man kannte seine Piloten, hier im Tower. Und der frisch gebackene First Officer Thomas Wilhelmi hatte es geschafft, sich in wenigen Tagen rundum beliebt zu machen, so wie die Gerüchteküche grummelte. Ein Flieger-Ass im Steilflug, murmelte man. Zumindest hielt er sich dafür. Anscheinend hatte er Gene mit Flügeln geerbt. Er hatte niemandem gegenüber damit hinterm Berg gehalten, dass schon sein Großvater im zweiten Weltkrieg die ersten Düsenmaschinen geflogen war, sein Vater war ein zweiter Chuck Yeager, sein Bruder flog Kampfjets bei der Luftwaffe und sein Schwager war Flugzeugingenieur. Thomas war auf dem besten Weg, dieser

Familientradition mit großen Schritten zu folgen. Als Verkehrsflugzeugführer.

Das mochte in einer Familie von Jagdfliegern und Testpiloten eine jämmerliche Karriere sein, weshalb der Junge vermutlich so rumschwadronieren musste.

Denn Piloten, die mit ihm geflogen waren, hatten eine dezent andere Meinung von seinem fliegerischen Können und was die geflügelten Gene und die großen Schritte vorwärts anbelangte.

Nun, Kapitän Amita würde mit ihm klarkommen.

Sie kam mit allem klar.

Ein eisiger Blick aus ihren grünen Katzenaugen, und der Herr der Lüfte würde auf sein normales Maß zusammenschrumpfen. Frau Kapitän konnte überaus korrekt sein. Und trocken wie ein Stück Knäckebrot.

Remo lächelte und hob das Fernglas, um ihr bei der Landung zuzusehen.

Die Maschine aus Köln kam seidenweich auf und rollte aus.

Nach dem Turnaround würde sie, aufgetankt, enteist und mit gut 120 Passagieren wieder nach Köln fliegen, um von dort am späten Nachmittag zurückzukehren. Pünktlich zum Heiligen Abend.

Und mit ihr würde kostbare Fracht nach Hause kommen.

Janina, die einzige Frau in seinem Leben.

Remo freute sich auf den Abend.

Janina sah ihren Onkel leicht genervt an.

»Ja, ja, aber ich fliege nicht zum ersten Mal. Ich weiß, wie ich mich zu verhalten habe.«

»Es wäre besser, dein Vater würde dich hier abholen.«

»Mein Vater wird dafür sorgen, dass das Flugzeug in Berlin gut landet, Onkel Rudi. Außerdem, da kommt die Frau von der Abfertigung schon. Sie nimmt mich mit an Bord.«

Janina winkte der Dame erleichtert zu, die sich suchend nach ihr umsah. Mit einem fröhlichen Lächeln wurde sie begrüßt.

»Hallo, du bist die junge Passagierin, die nach Berlin eingecheckt ist?«

»Ja, ich bin Janina.«

»Fein. Ich bringe dich jetzt zu deinem Flug.«

Noch einmal wurden Janina onkelseitig alle möglichen Verhaltensregeln mit auf den Weg gegeben, bis ihre Begleiterin schließlich sagte: »Keine Angst, wir passen schon auf, dass Ihre Nichte nicht vom Himmel fällt. Komm mit, Janina, du darfst mit der Crew einsteigen.«

Sehr höflich verabschiedete Janina sich von ihrem Onkel und stieß dann ein leises »Puh!« aus, als er nicht mehr in Hörweite war.

»Was heißt ›Puh?‹«, wollte die Dame neben ihr wissen.

»Och, er ist so was von ängstlich. Meine Güte, ein Flugzeug ist doch auch nichts anderes als ein Bus.«

»So ungefähr. Nur vermutlich noch ein bisschen sicherer. Aber manche Menschen haben eben Angst vor dem Fliegen.«

»Ich nicht. Im Sommer hat mein Papa mich sogar zum Segelfliegen mitgenommen. Das war richtig klasse.«

»Ja, das kann ich mir vorstellen. Ich habe mich im letzten Jahr mit Drachensegeln versucht. Feine Sache, so lautlos dahin zu gleiten.«

»Drachensegeln – au Mensch, das wünsch ich mir zum Geburtstag. Der ist nämlich im April. Dann werde ich zehn!«

»Ja, für Weihnachten ist das wohl jetzt schon ein bisschen spät. Und bei frostigen Temperaturen auch nicht mehr ganz so lustig.«

»Nein, bestimmt nicht.« Janina kicherte. »Außerdem hab ich schon ganz viele Geschenke bekommen. Aber die sind jetzt im Gepäck.«

»Alle für dich?«

»Nö, ein paar sind auch für meinen Vater. Und ich habe für Shardul eine Häkelmaus gebastelt.«

Janina trottete neben ihrer Begleiterin her, beachtete aber weder die bunte Weihnachtsdekoration noch die vielen Reisenden, die an diesem Heiligabend noch zu ihren Freunden und Familien fliegen wollten. Sie war in Gedanken schon fast zu Hause in Berlin. Eine Frage riss sie jedoch aus ihrer Vorfreude: »Könnte es sein, dass Shardul eine Katze ist?«

»Oh – ach, ja, klar. Ein Kater sogar. Und Shardul heißt Tiger auf indisch.«

»Dein Kater?«

»Nö, der von Amita. Die ist Pilotin. Kennen Sie sie?«

»Ich habe von ihr gehört – so viele weibliche Kapitäne gibt es ja nicht.«

Sie hatten die Maschine erreicht, und Janina wurde der Stewardess übergeben.

»Hallo! Ich kenne Sie doch, Sie heißen Eva, nicht wahr?«

»Richtig, Janina. Wir sind im Sommer schon zusammen nach Köln geflogen. Du hast ein gutes Gedächtnis.«

Eva führte Janina zu ihrem Platz, entschuldigte sich dann aber, weil sie sich um das Einsteigen kümmern musste. Denn nach ihr kamen auch die anderen Passagiere an Bord. Janina lehnte sich zurück, um die Leute nicht zu stören, die ihre Mäntel und ihre Taschen verstauten. Fliegen war für sie wirklich nichts Ungewöhnliches mehr. Seit vier Jahren schon besuchte sie in den Ferien ihren Onkel in Köln oder ihre Tante in München. Die ersten Male hatte ihr Vater sie noch begleitet, aber inzwischen kam sie gut alleine zurecht. Und sie genoss es. Alles, was mit Flugzeugen zu tun hatte, interessierte sie, und Papa, der Flugloste war, erklärte ihr bereitwillig, was immer sie wissen wollte. Auch Amita, ihre Nachbarin, beantwortete oft geduldig ihre Fragen. Irgendwann, wenn sie die Schule endlich hinter sich hatte, würde sie auch Pilotin werden. Das war Janinas Traum.

Und in ihren Sitz gekuschelt träumte sie ihn.

Freiheit und Abenteuer

Einen ganzen Jahreskreis war ich nun schon hier. Bei kaltem Mistwetter hatte alles begonnen, dann wurde es allerdings etwas angenehmer und die Welt draußen grüner.

Es drängte mich damals sehr, die Umgebung zu erkunden, und ich gab der Frau mit allerlei deutlichen Gesten zu verstehen, dass ich nicht eingesperrt sein wollte.

Aber hörte die drauf?

Noch nicht mal, als ich die Tapete von den Wänden gerissen und ihr einen Pullover zerfetzt hatte.

Große Bastet, was war ich sauer.

Dann aber bekam ich wenigstens die Möglichkeit, durch diese Klappe auf die Dachterrasse zu gehen. Hafterleichterung hatte sie es spöttisch genannt. Häme pur. Echt!

Ich war ein paar Mal auf die Balkonbrüstung gesprungen und hatte die Lage sondiert. Möglicherweise ergab sich von dort eine Fluchtmöglichkeit. Einen hohen

Sprung hätte ich gewagt, denn eine Katze fällt immer auf die Füße. Aber da unten sah es ziemlich hart aus. Wäre es eine Wiese gewesen, ich hätte den Satz in die Freiheit wohl gewagt. Doch auf dem Pflaster standen so dumme Blumenkübel und Fahrräder herum. Die Vorstellung, mit dem Kopf darauf zu knallen, behagte mir nicht. Zu jener Zeit verfluchte ich den Teppich mit ganz besonderer Inbrunst. Hätte er getan, wozu er verpflichtet war, wäre es mir ein Leichtes gewesen, der Wohnung und der Frau zu entkommen. Vor allem, weil die an manchen Tagen das Fenster ganz weit offen ließ und sich auf einer Liege von der Sonne braten ließ. Höchst ungesund – ich zog an solchen Tagen gepflegten Schatten vor.

Nur einmal, da hätte ich es fast geschafft zu entkommen.

Im Frühjahr war nämlich das Mädchen aufgetaucht. Und während die Frau mit ihren grässlichen Maschinen durch die Luft flog, kam sie oft zu mir und unterhielt sich mit mir. Das war schon okay. Ich bin nicht grundsätzlich menschenfeindlich.

Und das Mädchen war leicht zu überreden. Kleine Mädchen sind das fast immer. Und ich kann charmant sein, wenn ich will. Können Sie jeden im Bazar fragen.

Na ja, fast jeden …

Kurzum, das Mädchen war ein kleiner Lichtblick in meiner trüben Existenz. Sie war verspielt, hörte mir zu, wusste, wie man den Kühlschrank aufmachte und den Inhalt der Sahnedosen in Näpfe goss. Sie plapperte auch viel, wodurch ich erfuhr, dass sie einen Vater hatte.

Väter sind was Menschliches. Uns Katzen sind Väter schnurz.

Jedenfalls macht dieser Menschenvater den Eindruck, als sei auch er mit der Frau verfeindet. Was mich nicht sonderlich wunderte. Die miese Entführerin.

Immerhin erlaubte sie es, dass das Mädchen mich mit in ihr Revier nahm. Das war mal was anderes. Auch wenn es nur eine Menschenbehausung war. Aber es roch anders, die Teppiche fühlten sich anders an – ich untersuchte sie natürlich augenblicklich, ob einer dabei war, der möglicherweise gehorsamer war als meiner, aber die waren nur dekorative Lappen. Den Mann umkreiste ich einige Male, fand, dass er so übel nicht war. Er erinnerte mich an einen der Aufseher im Bazar. Der sorgte immer für Ordnung, blaffte auch mal ein paar Leute an, die ihre Waren nicht in Ordnung hielten, war aber auch immer zu einem Scherz aufgelegt. Es gab andere, die blafften nur. Denen gehorchte keiner. Und erst recht keine Katze.

Kurzum, er schien mir weniger unangenehm als die Frau, und darum ließ ich mich dazu herab, seine Hand zu beschnüffeln. Warum er mich Bunny-Cat nannte, war mir zunächst rätselhaft, bis das Mädchen mir den Plüschhasen mit den großen Ohren zeigte.

Ja, meine sind schön und groß und hören daher hervorragend.

Aber ein Hase bin ich wirklich nicht.

Bunny-Cat. Also wirklich.

Fast hätte er bei mir auch verschissen gehabt.

Doch dann ergab sich eines Tages die Gelegenheit!

Die Tür zur Terrasse – man konnte sie schieben – war einen kleinen Spalt weit offen geblieben, das Mädchen war mit irgendeinem Krickelkram in ihren Heften beschäftigt, und ich wandte alle meine nicht unbeträchtliche Geschicklichkeit auf, den Spalt zu vergrößern. Es klappte, Nase und Ohren passten durch, ich nichts wie raus.

Das war mal was, dachte ich am Anfang. Drei Tage streunte ich durch die Gegend, setzte meine Markierungen, haute mich mit anderen Revierbesitzern, inspizierte die Abfälle, fand ein paar Mäuse und ignorierte gewissenhaft alle Rufe nach einem Wesen namens Shardul.

Weiter und weiter zog ich meine Kreise, übte Vorsicht vor einer Straße, auf der die Autos vorbeirasten – bloß nicht unter die Räder kommen, das lernt man früh. Oder man stirbt. Ich stromerte durch Gärten, mied aber die Menschen, jagte hier und da oder bediente mich an Esswaren, die man draußen aufhob.

Das allerdings erwies sich als böser Fehler.

Etwas muss dabei gewesen sein, dass nicht für Katzenmägen geeignet war. Also raus damit. Macht uns

Katzen ja nicht viel aus, schlechte Nahrung wieder hochzuwürgen. Aber diesmal wollte das Würgen nicht aufhören. Mir war andauernd übel, ich begann, mich wirklich elend zu fühlen, und darum kroch ich dahin zurück, wo ich mich einigermaßen auskannte – zu dem Haus der Frau und dem Mädchen mit ihrem Vater.

Was ein Fehler war!

Ich hatte mich unter einer Hecke meinem Leid hingegeben, als plötzlich ein Schatten über mich fiel.

»Bunny-Cat, da bist du ja«, sagte der Mann, und ehe ich mich versah, wurde es schon wieder dunkel um mich.

Ich wollte mich aus der Decke befreien, aber meine Versuche waren ziemlich kläglich. Und schon wieder würgte es mich.

»Papa, ich glaube, Shardul ist krank«, sagte das Mädchen.

»Ja, ich fürchte auch.«

»Und Amita kommt doch erst übermorgen wieder.«

»Richtig. Darum werden wir diesen kleinen Pelzbeutel jetzt zum Tierarzt fahren. Es würde sie bestimmt sehr unglücklich machen, wenn er sterben würde.«

Mich auch, dachte ich noch, aber dann hätte ich kurzfristig dieses Schicksal dem, das nun folgte, vorgezogen.

Ich hasse Tierärzte.

Ich hasse es, gepiekt zu werden.

Ich hasse es, wenn man Zeugs in mein Futter tut.

Ich hasse all das – aber nach zwei Tagen ging es mir wieder besser, und alles Futter blieb ordentlich in meinem Magen drin.

Die Frau besuchte das Mädchen und ihren Vater und gab sich kühl dankbar.

War ja nicht anders zu erwarten.

Allerdings war da etwas komisch zwischen den beiden.

Ich bin ja ein hochsensibler Kater, und wenn mich nicht alles täuschte, dann vibrierte zwischen den beiden ein feines Band. Allerdings kein schönes, sondern eines, das grelle Funken versprühte. So wie Katzenfell, das man an einem trockenen Tag gegen den Strich bürstet.

Aber das war deren Sache und ging mich nichts an.

Ich wurde wieder hoch in die Wohnung geschleift, und Schluss war's mit Freiheit und Abenteuer.

Zwar durfte ich weiterhin dann und wann das Mädchen in seiner Behausung besuchen, aber die Tür nach draußen blieb von da an immer fest geschlossen.

Mein einziger Ausgang bestand weiterhin darin, auf der Balkonbrüstung zu balancieren und mir vorzustellen, wie ich von dort absprang und fliegen konnte.

War nicht berauschend.

Ich starrte trübsinnig von meinem Sessel auf die Welt vor dem Fenster. Es war alles grau. Grau in Grau wie meine Stimmung.

Und der Sahnenapf war auch leer.

15:30 Start

Amita setzte sich im Cockpit zurecht. Seit einem Jahr hatte sie das Recht, den linken Sitz einzunehmen. Ein wohlverdientes Recht. Ihr Begleiter hingegen war noch ein Stückchen weiter von den drei Goldstreifen entfernt – Thomas Wilhelmi war seit zwei Wochen First Officer und heute zum ersten Mal ihr Copilot.

Bei den drei früheren Flügen am Tag hatte er sich reichlich großspurig gegeben. Das hatte sich inzwischen verloren. Sie hatte ihm ein paar Dämpfer verpassen müssen, und nun registrierte sie mit einem Seitenblick, dass er ein wenig nervös war. Der Wind war unangenehm geworden, der letzte Flug nach Köln war turbulent gewesen, wenn auch nicht übermäßig. Dennoch hatte sie den Eindruck, dass Thomas trotz aller sorgfältigen Ausbildung und seiner fliegenden Familie ein Schönwetter-Pilot war. Aber er stand noch ganz am Anfang seiner Laufbahn, und nervös war sie bei ihren ersten Flügen auch gewesen. Noch heute war sie dankbar für den erfahrenen, wenn auch brummigen Piloten an ihrer Seite, der ihr damals mit ruhiger Gelassenheit die Nervenenden geglättet hatte. Dass sie ihren überheblichen Copiloten so heftig zusammengestaucht hatte, tat ihr jetzt leid. Mit seiner Großmäuligkeit wollte er vermutlich nur seine Unsicherheit überspielen. Sie würde sich bei diesem letzten Flug des Tages bemühen, ihm die Anspannung zu nehmen. Immerhin hatte er die Cockpit-Prozeduren und die Funktionschecks korrekt durchgeführt, und darum erklärte sie ihm, dass er diesmal den Flug als *pilot flying* übernehmen sollte.

Thomas nickte. Aber Amita vermeinte, einen Hauch von zusätzlichem Stress zu verspüren. Wie es aussah, verzögerte sich der Start noch um ein paar Minuten. Der Verkehr auf dem Flugplatz war lebhaft, wegen der winterlichen Witterung waren einige Flüge verspätet eingetroffen. Um Thomas zu beruhigen, begann sie, mit ihm zu plaudern.

»Es wird Zeit, dass wir heimkommen. Zum Glück sind die Verspätungen heute nicht zu groß. Ich werde nämlich von einem höchst ungnädigen Kater erwartet.«

»Kater? Sie meinen – Kater?«

»Ja, so ein kleines Tier aus der Gattung der Raubkatzen.«

»Ich dachte, sie würden eher von ihrer Familie erwartet.«

»Die ist ein wenig verstreut in der Welt. Weshalb ich ja überhaupt zu diesem unwirschen kleinen Tiger gekommen bin.«

Thomas saß immer noch angespannt neben ihr und ließ den Blick nicht von den Instrumenten. Sie lächelte nachsichtig und erzählte weiter: »Sehen Sie, meine Großmutter lebt in Indien, in Jaipur, und sie habe ich vor einem Jahr um die Weihnachtszeit besucht.«

»Oh, ja, das kann man wohl als ein wenig verstreut in der Welt bezeichnen.« Jetzt lächelte Thomas auch. »Meine Leute leben auch an sehr unterschiedlichen Orten.«

»Ja, und ich zähle jetzt lieber nicht auf, wo sich meine Eltern und mein Bruder herumtreiben. Jedenfalls – ich fand dort bei diesem Besuch auf dem Bazar einen wunderschönen Teppich. Einen antiken Seidenteppich, um es genau zu sagen. Ich handelte, kaufte ihn schließlich und ließ ihn am Tag vor meiner Abreise zum Flughafen bringen. Er wurde zusammengerollt, in einen Überzug gesteckt und als Fracht an Bord genommen. Die Überraschung kam, als ich ihn nach der Landung abholen wollte. Da sprach mich nämlich eine Bekannte aus dem Zolllager an. Sie hatten in dieser Teppichrolle ein halb verhungertes Kätzchen gefunden. Sie wusste, dass ich Katzen sehr mag – meine Meena war vor einiger Zeit gestorben. Na, sie hatte recht, ich empfand sofort Mitleid mit dem abgemagerten Tierchen. Man hätte es vermutlich eingeschläfert – eine indische Streunerkatze. Also beging ich zusammen mit meiner Komplizin ein kleines Verbrechen. Ich packte den leise protestierenden Kater in eine feste Beuteltasche und schmuggelte ihn mit nach Hause. Gedankt hat er es mir allerdings bis heute nicht. Er ist ein sehr unfreundlicher Geselle, eigensinnig und stur. Er lässt sich nicht gerne anfassen, und den Teppich verprügelt er regelmäßig jeden Tag.«

»Dann gibt er diesem Teppich wohl die Schuld an der Entführung, was?«

»Na ja, möchten Sie im Frachtraum in einen Teppich eingewickelt einen Achtzehn-Stunden-Flug mitmachen?«

»Bestimmt nicht. Aber Ihnen müsste er wirklich dankbar sein, dass Sie ihm das Leben gerettet haben.«

»Warum sollte er? Ich bin mir sicher, dass Katzen ein anderes Verständnis für Zusammenhänge haben als wir Menschen. In seinen Augen habe ich ihn vermutlich böswillig aus seinem angestammten Revier entführt und in meiner Wohnung eingesperrt. Er zeigt mir sogar überdeutlich, wie sehr er das hiesige Katzenfutter verabscheut.«

»Ein wenig Curry-Pulver darüber wäre vielleicht hilfreich?«

Amita rümpfte die Nase.

»Sie pflegen Vorurteile. Nein, nein, Sharduls Napf ist abends immer leer, und Sahne weiß er auch zu schätzen. Er hat nur so seine Angewohnheiten, mich mit Verachtung zu strafen. Heute früh hat er sogar auf diesen armen Teppich gepinkelt. Aber ich gebe die Hoffnung nicht auf. Der kleinen Tochter des Nachbarn gegenüber zeigt er eine gewisse Zutraulichkeit.«

Der Tower meldete sich, der Flugzeugschlepper zog sie vom Gate weg.

Amita begann mit den Vorbereitungen, um die Turbinen zu starten, Thomas prüfte noch einmal die neuesten Wettermeldungen. In Berlin herrschten Schneefall und heftige Böen. Seine Stimme klang wieder angestrengt, als er bemerkte, es würde wohl ein ruppiger Flug werden.

Amita gab ein beruhigendes Brummen von sich, während sie das Flugzeug auf den Taxiway lenkte. Wenn Thomas Probleme bekam, würde sie schon zu helfen wissen. Für sie war es nicht der erste Flug bei schlechtem Wetter.

Weihnachtsstimmung

Ich hatte es mir auf dem Sessel gemütlich gemacht und wanderte im Geiste, Erinnerungen nachhängend, durch mein altes Revier. Ach, all die leuchtenden Farben, die feinen Texturen, das Murmeln und Feilschen, das Gluckern der Wasserpfeifen, die vielfältigen Aromen, die sich zwischen den aufgestapelten Teppichen breitmachten. Nach fetten Weidetieren rochen die wollenen Teppiche, nach trockenen, sonnenwarmen Tagen die Baumwollgewebe, am schönsten aber war der kühle, hauchfeine Duft der seidenen Teppiche mit ihren Edelsteinfarben. Dazwischen zogen die Schwaden aus den

Garküchen, das Gebratene, Würzige, das heimlich gestohlene Genüsse versprach, die warmen, umhüllenden Düfte, die mich aus raschelnden Saris anwehten. Rosen und Jasmin, Patchouli und Myrrhe. Sanfte Stimmen, leise klimpernde Armreifen, geflüsterte Liebkosungen. Die verlockende Witterung rolliger Katzen zwischen weichen, pfotenschmeichelnden Stoffen. Dann ein Lager neben dem Alten mit seiner gurgelnden Pfeife und dem betäubenden Rauch, der mir unbeschreibliche Träume bescherte. Träume, in denen ich hoch oben über dem Bazar schwebte, in denen ich über das Land glitt, die glitzernden Flüsse, die weiten, grünen Felder, goldschimmernde Pagoden, staubige Straßen weit unter mir. Bis hin zu den schroffen Bergen flog ich dann, deren grau aufragender Fels von blendendem Weiß gekrönt war. Oder hin zu dem sandigen Gestaden des großen Meeres, an denen sich die schäumenden Wellen brachen. Ahh. Fliegen!

Ich schloss die Augen und träumte vom Fliegen.

Und als ich aus meinem erholsamen Schlummer erwachte, packte mich wie so oft das elende Gefühl des Heimwehs mit seinen scharfen Krallen. Trübsinnig blinzelte ich durch das Fenster in die frühe Dämmerung. Der rote Teppich hing noch immer über der Balkonbrüstung, schlapp und regungslos. Vielleicht fror er ja, geschähe ihm recht. In der Wohnung war es angenehm mollig, immerhin etwas. Aber die Frau hatte gestern einige Veränderungen vorgenommen. Ich mag Veränderungen nicht. Weder die großen noch die kleinen. Man musste wieder alles neu kontrollieren und als sein Eigentum kennzeichnen. Nach einigen Happen Knurpselfutter betrachtete ich das nun als meine vordringlichste Aufgabe.

Zum Beispiel hatte sie einen Baum angeschleppt. Also, was sollte das denn? Mit den Topfpflanzen kam ich ja noch klar, aber ein Baum? Und dann auch noch einen, der streng nach Harz roch und pieksige Nadeln hatte. Groß war er ja nicht, wenn ich gewollt hätte, hätte ich mit einem Satz die Spitze erreicht. Aber davon ließ ich die Pfoten, das ganze Konstrukt sah mir zu wackelig aus. Das Nächste, was mir auffiel, war, dass sie überall Kerzen hingestellt hatte. Aber nicht angezündet. Was schon mal ganz gut war, denn letztes Jahr hatte ich an einer geschnuppert, deren Geruch mich an meine Heimat erinnerte, und mir dabei glatt drei Barthaare angesengt. Pfui, hatte das fies gerochen! Und ganz krumpelig waren sie auch geworden. Außerdem konnte ich mit denen auch nichts mehr spüren. Die Schnurrhaare waren bald danach ausgefallen, und ich sah eine Weile ein bisschen unsymmetrisch aus.

Jetzt waren sie aber nachgewachsen, und mein schöner schwarzer Bart sträubte sich je nach Laune wieder prachtvoll um meine Schnauze. Ich fächerte ihn probehalber mal auf und schnurrte mir ein Stückchen was vor. Das machte ich nur, wenn ich alleine war. Brauchte ja keiner zu wissen, dass ich mir damit ein kleines Wohlfühlen erzeugen konnte.

Doch genug Ablenkung, weiter das Revier kontrollieren. Auf dem Tisch stand eine große Schale mit Orangen und Mandarinen darin. Die rochen zwar nicht wirklich schmackhaft, sondern fruchtig und säuerlich, aber kullerten schön. Mit meinen Pfoten expedierte ich eine davon aus der Schale und schubste sie durch die Wohnung. Das machte sich gut und unterhielt mich eine Zeitlang. Danach entdeckte ich auf einem Regal einen Korb, der vorher nicht da stand, und der enthielt Nüsse. Die kannte ich. Die Menschen aßen sie, was verrückt war. Ich warf ein paar auf den Boden. Auf dem Parkett rollten und rutschten die auch prima. Aber irgendwie verschwanden sie immer unter dem Sofa oder dem Schrank, und sie darunter herauszuangeln, dazu fehlte mir die Geduld. Besser, ich untersuchte jetzt auch noch den anderen Raum, da, wo die Frau ihr Lager hatte. Vermutlich hatte sie da auch irgendwelchen Unsinn hingestellt.

Nein, hatte sie nicht, es sah aus wie immer, und es roch auch wie immer. Dummerweise erinnerte mich der leichte Duft ebenfalls wieder an meine Heimat. Sandelholz, Rosen, Jasmin. Und das Lager war mit einer bunten Decke belegt. Einmal hatte sie mich fast erwischt, als ich mich darauf ausgestreckt hatte. Es verlockte mich zwar, mich jetzt auch wieder auf das weiche Bett zu legen, aber da es schon dunkel zu werden begann, bestand die Gefahr, dass ich eindöste und ihre Rückkehr verpasste. Also schnüffelte ich die Ecken gründlich ab, zerrte ein kleines Ziehfädchen aus einem Pullover, den sie über eine Stuhllehne gehängt hatte und beäugte dann die Messingvase, die auf einer Kommode stand. Auch sie stammte aus meinem Heimatland. Ein anmutiges Ding, das. Unten bauchig, aber oben wurde es ganz schmal. Aber ihr misstraute ich herzlich. Denn das Gefäß barg eine böse Überraschung. Ich lernte sie gleich nach meiner Ankunft kennen. Damals hatte ich, von Heimweh gebeutelt, mein Schnäuzchen an dem Messingbauch gerieben – und was für ein Entsetzen – aus der schmalen Öffnung war ein weißer Katzengeist gestiegen und hatte mich mit gesträubtem Fell angefunkelt.

Dass in solchen Vasen gelegentlich Dschinn wohnen, davon hatte ich natürlich schon zuvor gehört, aber begegnet war ich noch keinem. Darum war ich für einen Moment lang vor Schreck wie gelähmt. Und während meines stummen Staunens prasselte eine Schimpftirade über mich herein, die jedem zänkischen Bazarfeilscher zur Ehre gereicht hätte. Dieses Geschöpf hörte sich an wie eine echte Katze, in deren Revier man unbefugt eingedrungen war. Ich bin zwar gewöhnlich nicht so schnell sprachlos zu bekommen, aber der Katzengeist faltete mich nach allen Regeln der Kunst zusammen, so dass ich gar nicht dazu kam, auch nur ein Wort zu erwidern. Alles, was ich von dem gekreischten Sermon verstand, war, dass dieser Dschinn stinkig war, weil ich ihn geweckt hatte. Er knurrte, das solle ich nicht noch einmal tun, bevor ich nicht gelernt hatte, meine Aufgabe zu übernehmen. Was das für eine war, hatte der Geist mir aber nicht verraten, sondern sich fauchend und spuckend wieder in die Vase verzogen.

Und ich saß da wie belämmert, mit hängenden Ohren und Schnurrhaaren. Derart harsch war ich zuletzt von meiner Mutter angepflaumt worden, als ich ihr eine Maus vor der Nase weggefangen hatte.

Kurzum, seither hatte ich einen Bogen um diese Vase gemacht.

Dennoch – manchmal schlich sich eine neugierige Frage zwischen meine Ohren und juckte mich da wie ein lästiger Floh. Wie war die Frau an diese Dschinn-Vase gekommen? Kannte sie die Aufgaben eines Dschinns? War der Katzengeist ihr verpflichtet?

Nie hatte ich sie die Vase reiben sehen. Wusste sie vielleicht gar nicht, was sie sich da eingehandelt hatte?

Und was hatte dieser dämliche Katzen-Dschinn mit Aufgabe gemeint, die ich zu übernehmen hatte?

Meist half ein herzhaftes Kratzen gegen den neugierigen Fragenfloh. Ich hatte ganz gewiss keine Lust, eine Aufgabe x-beliebiger Art zu übernehmen. Und wenn das Jucken zu heftig wurde, mied ich die Vase und umschlich sie in weiten Bögen.

Einmal allerdings – ah, pah. Vergessen wir das.

Ich schlenderte aus dem Schlafzimmer zur Glastür, in der unten eine Klappe eingepasst worden war. Mein Weg zur kleinen Freiheit: die Dachterrasse! Zwölf Katerlängen lang, sechs breit, darauf einige Kübel mit Grünzeug, das sich in diesem mistigen Klima hielt. Im Sommer mehr und bunter, jetzt öde und kahl. Ich umrundete das Areal, sprang auf die Bank, die an der Hauswand stand, und ließ meinem Blick über den grauen Himmel streifen. Wind fauchte um die Hausecke, irgendwo klapperte was. Der Teppich über der Brüstung wedelte mit seinen Fransen. Mehr nicht.

Blödes Teil!

Im Sommer war das ganz nett hier draußen. Man konnte Vögel und Flugzeuge beobachten, die ihre Bahnen durch die Luft zogen. Obwohl, eigentlich fuchste mich das immer wieder aufs Neue, dass die fliegen konnten, wohin sie wollten.

Dieser Teppich war ja so eine Pleite.

Jeden einzelnen Tag hatte ich ihn bisher verprügelt, aber nichts tat sich.

Wieder fauchte eine Böe um das Dach, und ein wagemutiger Spatz taumelte an mir vorbei. Ich hätte ihn fangen können. Aber irgendwie war mir nicht danach.

Ein seltsames Zucken breitete sich unter meinem Fell aus. Hinten, an der linken Flanke. Es war aber auch unangenehm feucht und kalt. Besser, ich ging wieder rein. Dem Teppich zeigte ich noch einmal kurz die Kralle, dann schlüpfte ich zurück ins Warme.

Die Frau würde das Mädchen mitbringen, fiel mir wieder ein. Kinder waren in Ordnung. Und Janina kannte eine Menge Spiele.

Eigentlich waren die Aussichten gar nicht so schlecht.

Aber das Fell zuckte mir auch noch, als ich auf meinem Platz auf dem Sessel lag. Ich bearbeitete es gründlich mit der Zunge. Das half ein bisschen, aber nicht völlig.

Es machte mich nervös.

15:40 Abheben

Amita beobachtete ihren Copiloten noch einmal kritisch und war beruhigt. Er machte alles umsichtig und korrekt, die Nervosität schien jetzt von ihm abgefallen zu sein. Der Tower gab ihnen Anweisungen zur Startposition.

»Dann spannt mal die Rentiere an«, schloss die Fluglotsin ihre nüchternen Angaben.

Thomas schnaubte und murmelte: »Die sind aber heute lustig.«

Sie rollten über den Taxiway.

»It's christmas time. Wahrscheinlich freut sie sich auf einen heißen Eierpunsch. Außerdem sind sie nett hier. Weit netter als der eine Clown in Berlin. Ich hoffe, der hat heute nicht Schicht. Er könnte den friedlichen Eindruck glatt wieder verderben.«

»Haben Sie einen Feind im Tower?«

»Welcher Pilot hat den nicht? Aber Remo Schulze ist die Krönung. Er mag weibliche Piloten nicht.«

»Das gibt es noch?«

»Seit einem Jahr nervt der Typ mich«, knurrte Amita.

Dann rollten sie Richtung Runway, und während sie über die lange Piste fuhren, erinnerte sie sich an die wirklich sehr holprige Landung vor einem Jahr – dummerweise die erste, die sie in ihrem neuen Status als Flugkapitän durchgeführt hatte. Hunderte von glatten Starts und Landungen hatte sie in den Jahren zuvor hingelegt, aber just an diesem Tag herrschte ein unglaubliches Mistwetter in Berlin. Als sie in den Landeanflug kam und von einer heftigen Bö gepackt wurde, empfing sie dieser verdammte Controller im Tower mit der lässigen Frage: »Hey, Schätzchen, können Sie am Boden auch so hübsch mit dem Hinterteil wackeln?«

Normalerweise war Amita allerlei lockere Sprüche gewöhnt, aber an diesem Tag stand sie unter hoher Anspannung und reagierte sauer. Die Landung war weder einfach noch sanft, und als sie schließlich mit einem heftigen Rumpeln aufgesetzt hatten, kommentiert er auch noch: »Bunny-Flight, seid ihr gelandet oder aufgeschlagen?« Auf ihre höchst korrekte Antwort konterte er zu allem Überfluss: »Na, dann hoppeln Sie mal zu Gate 12, Bunny.«

Es war der Beginn einer herzhaften Feindschaft. Der Namen Captain Bunny klebte seither wie ein alter Kaugummi an ihr, und sie wusste, dass auch andere Kollegen sie hinter ihrem Rücken so nannten.

Ins Gesicht aber wagte es ihr nur dieser verdammte Remo Schulze zu sagen.

Und er tat es jedes Mal, wenn er ihren Start oder ihre Landung übernahm.

Ihr Copilot gab einige Daten durch, sie überprüfte die Instrumente – alles lief reibungslos. Wieder meldete sich der Tower und gab ihnen die Startfreigabe durch.

»Frohe Weihnachten und passt auf, dass ihr kein himmlisches Geflügel in die Triebwerke kriegt«, sagte die Fluglotsin.

»Machen wir. Und lasst ihr euch nicht von den bunten Blinklichtern auf dem Panel ablenken. Das ist kein Christbaumschmuck.«

Thomas betete die Checkliste runter, Amita bereitete den Start vor. Eine Routine. Sie kannte die Checklisten auswendig, hörte jedoch trotzdem konzentriert zu. Wie üblich. Seit vierzehn Jahren schon flog sie. Es war, seit sie denken konnte, ihr leidenschaftlicher Wunsch gewesen. Und mit achtzehn hatte sie dann ihre Ausbildung begonnen, war danach stetig in der Laufbahn aufgestiegen. Einige Jahre lang war sie als First Officer auf Langstrecken geflogen, doch als sie im letzten Jahr zum Kapitän befördert worden war, hatte sie sich für die innerdeutschen Strecken entschieden.

Ja, sie war ehrgeizig, und deshalb war sie auch noch immer ohne festen Partner, denn keiner der infrage kommenden Kandidaten war ihr wichtiger als ihr Beruf. Ihre Beziehungen verliefen dann oft im Sande.

Aber sie hatte inzwischen eine hübsche Wohnung in Berlin und einen unwirschen Kater, um den sich in Zeiten längerer Abwesenheit Janina kümmerte.

Das Mädchen allerdings war, trotz dieses Clowns, der ihr Vater war, ein Lichtblick in ihrem Leben.

Märchenstunde

Janina sah der Stewardess Eva zu, die gerade mit schwungvollen Bewegungen das Sicherheitsballett vortanzte. Schon ein paar Mal hatte sie selbst vor ihren Mitschülern zum allgemeinen Gaudium die Einführung in die Sicherheitsmaßnahmen vor dem Flug vorgeführt und dabei allerlei neckische Varianten eingefügt. »… und dann verlassen Sie das Flugzeug über diese hübsche rote Rutschbahn über den Tragflächen.

Ihre Schwimmweste hat eine neckische Weihnachtsbeleuchtung, die das Christkind von oben sieht, wenn Sie im Wasser schwimmen.«

Eva allerdings war weit nüchterner in ihrem Ansagen. Dennoch, oder vermutlich gerade deswegen, hörte ihr so gut wie niemand zu. Nur der Mann, der auf dem Gangplatz neben Janina saß, ließ die Augen nicht von ihr. Höchst ernsthaft ließ Eva soeben die Sauerstoffmaske andeutungsweise von der Decke fallen, setzte sie sich wie ein Mützchen auf den Kopf und sagte nichts. Stattdessen hob sie den Zeigefinger und wackelte damit verneinend. Janina stutzte. Dann sah sie das Zwinkern. Mit strenger Miene hielt Eva sich die Maske an das rechte Ohr, verdrehte die Augen und wedelte wieder mit dem Finger. Ein leises Kichern ging durch das Flugzeug. Schließlich stülpte sie die Maske über den Mund und richtet den Daumen vielsagend auf.

»Dies, meine Damen und Herren, war die Variante für unsere gehörlosen Mitpassagiere«, verkündete sie und machte dann wieder ganz korrekt weiter.

Janina kicherte noch, als die Stewardess sich neben sie setzte und den eingeklinkten Gurt prüfte.

»Das dürfen wir eigentlich nicht machen«, flüsterte sie, »aber manchmal hören die Leute denn wenigstens zu.«

Das Flugzeug gewann an Geschwindigkeit, die Triebwerke dröhnten, sie hoben ab. Janina versuchte das Knacken aus den Ohren zu bekommen und riss dazu das Mäulchen auf. Dann drehte sie sich um und strahlte die Stewardess neben sich an.

»Ich find's klasse, wenn es so hochgeht.«

»Nicht alle«, flüsterte Eva und wies mit ihren Augen auf den grünlich wirkenden Herrn auf dem Gangplatz.

»Tüte bereithalten?«

»Er wird's so schaffen.«

»Wer ist heute der Pilot, Eva?«

»Kapitän Rosenhag.«

»Oh, Amita!«, quiekte Janina erfreut auf. »Können Sie ihr nachher sagen, dass ich mitfliege?«

»Du kennst Frau Rosenhag?«

»Mhm. Sie ist unsere Nachbarin. Oder besser, sie wohnt zwei Stockwerke über uns. Und sie hat einen Kater. Den besuche ich oft. Weil, sie ist ja manchmal länger unterwegs.«

»Das ist aber nett von dir.«

»Nö, mir macht das Spaß. Obwohl Shardul ein ziemlich knurriger Kerl ist. Sie sagt, der kann sie nicht leiden, weil sie ihn entführt hat. Aber das hat sie gar nicht. Und wenn ich mit ihm spiele, dann ist er auch ganz vergnügt.« Janina biss sich auf die Unterlippe. »Na ja, soweit ein knurriger Kater eben vergnügt sein kann.«

»Ich habe noch nie viel mit Katzen zu tun gehabt. Woran erkennt man, dass ein Kater knurrig ist?«

»Och, er mag es nicht, wenn man ihn anfasst. Und er kann einem mit muffeliger Miene ansehen. Wenn er ganz schlechte Laune hat, dann dreht er sich um und zeigt einem sein Hinterteil. Meine Tante in München hat eine Katze, die ist ganz verschmust und schnurrt, wenn man sie krault, und die kommt auch ins Bett und kuschelt mit einem. Das würde Shardul nie machen.«

»Hört sich an, als sei er ein vornehmer Herr von Stolz.«

»Ich weiß nicht. Stolz ist er eigentlich nicht Und vornehm auch nicht. Ich meine, ein vornehmer Herr würde doch nie einen Teppich verprügeln, oder?«

Eva gab ein glucksendes Lachen von sich, und Janina grinste sie an.

»Nein, das pflegen vornehme Herrn gewöhnlich nicht zu tun«, sagte ihr Nachbar plötzlich. Er schien sich einigermaßen erholt zu haben.

Eva pflichtete ihm mit einem Lächeln bei.

»Nein, meiner Erfahrung nach tun sie das nicht. Eher hört sich das nach einem ungehobelten Raufer an.«

»Nein, ungehobelt ist er auch nicht«, widersprach Janina. »Er tatzt nie nach mir, auch wenn wir Raufen spielen. Er ist nur innerlich wütend, glaube ich. Und – vielleicht hat er Heimweh. Er stammt nämlich aus Indien, wissen Sie?«

»Dann könntest du wohl recht haben.« Und dann schnippte Eva mit den Fingern. »Ich hab's, Janina. Ich glaube, dann weiß ich, warum er den Teppich verprügelt.«

»Ja? Warum?«

»Wahrscheinlich möchte er, dass der Teppich fliegen kann. Du kennst doch die Geschichte von Aladin und der Wunderlampe.«

»Nein. Erzählen Sie.«

»Oh, die ist ziemlich lang, und ich muss gleich Kaffee und Kuchen servieren.«

»Quatsch.«

»Aber, Janina!«

»Die Leute werden schon nicht verhungern.«

»Vielleicht nicht, aber es gibt Stollen und Schokoladenlebkuchen.«

Janina mochte die Stewardess, sie war lustig und verstand ihre Scherze. Und natürlich musste sie ihren Pflichten nachkommen. Aber dann sah sie sich nach ihren Kollegen um und meinte: »Na gut – ganz kurz: Aladin war ein junger Straßendieb in einer großen orientalischen Stadt. Eines Tages sieht er eine prächtige Prozession durch die Straßen ziehen, und in einer reichverzierten Sänfte erblickt er die schöne Prinzessin Badulbudur. Er verliebt sich augenblicklich in sie und versucht sie zu treffen. Aber der böse Wesir des Sultans verhindert das, und als Aladin den Palast betritt, wird er nicht vorgelassen, sondern stattdessen in den Kerker geworfen. Hier trifft er einen schäbigen alten Mann, der ihn überredet, für ihn aus einer geheimnisvollen Höhle eine unscheinbare Lampe zu holen. Der

Alte ist ein Zauberer, und deshalb gelingt es Aladin, mit seiner Hilfe aus dem Kerker zu entkommen und zur Höhle zu gelangen. Hier findet er neben prächtigen Edelsteinen, die wie Früchte an den Bäumen hängen, und schimmerndem Geschmeide die alte Lampe und auch einen schönen Teppich. Der Zauberer hatte ihn aber gewarnt, er dürfe die Schätze nicht berühren, sonst würde die Höhle einstürzen. Aladin nimmt die Lampe an sich, doch aus Versehen berührt er einen Edelstein. Die Höhle rumpelt, Spalten tun sich auf, Gestein bröckelt von der Decke, doch mit letzter Kraft erreicht er den Ausgang. Hier wartet schon der Alte auf ihm. Aber er missachtet Aladins Hilferuf. Er verlangt zuerst die Lampe für sich. Als Aladin sich weigert, sie herzugeben, stößt er ihn in die zerberstende Höhle zurück. Hier im Dunkel verliert der junge Mann fast jede Hoffung. Doch dann ertastet er die Inschrift auf der Lampe. Um sie besser entziffern zu können, reibt er mit einem Gewandzipfel den Schmutz von der Stelle. Plötzlich erscheint ein ungeheuerlicher Geist in der Höhle, ein Dschinn, der, wie er behauptet, in der Lampe wohnt. Aladin ist zuerst verstört, dann überrascht und schließlich schöpft er Hoffnung. Der Dschinn erklärt ihm nämlich, dass er der Diener desjenigen sei, der die Lampe besitzt. Und er sei bereit, ihm drei Wünsche zu erfüllen. Aladin möchte natürlich zuerst aus der Höhle befreit werden. Das verspricht ihm der Dschinn, und Aladin klemmt sich den schönen Teppich unter den Arm, pflückt ein paar Edelsteinfrüchte und steckt die Wunderlampe ein. Sogleich holt ihn der Dschinn aus der Höhle, und er findet sich auf einem Berg nahe seiner Heimat wieder. Als er sich von seiner Verwunderung erholt hat, wird ihm klar, dass er sich auch wünschen kann, die schöne Prinzessin Badulbudur zu heiraten. Auch hier hilft der Dschinn, und als Prinz Ali zieht Aladin mit großem Gepränge in die Stadt ein. Diesmal wird er höflich in den Palast eingeladen. Aber Badulbudur, die von ihrem Vater, dem Sultan, schon seit Monaten gedrängt wird, sich passende Heiratskandidaten auszusuchen, hat keine Lust, einen weiteren jungen Prinzen anzuhören. Aladin aber hat inzwischen entdeckt, dass der schöne Teppich, den er aus der Zauberhöhle mitgenommen hat, ein magischer Teppich ist, der fliegen kann. Mit ihm besucht er nachts die Prinzessin und lädt sie zu einem Spazierflug über ihr Land ein. Die Prinzessin ist begeistert und erlaubt ihm, sie wieder zu besuchen. Leider kommt aber der böse Wesir dahinter, dass der angebliche Prinz Ali der ehemalige Straßendieb Aladin ist, der ihm die Wunderlampe vorenthalten hat. Hinterhältig und gemein wie er ist, stiehlt er die Lampe, und mit Hilfe des Dschinns bringt er den Sultan dazu, ihm selbst seine Tochter zu versprechen.«

»Eva, hilfst du uns bitte bei den Getränken«, forderte ein Flugbegleiter die Stewardess auf, und Janina, die mit leuchtenden Augen gelauscht hatte, zog einen Schmollmund.

»Ich will aber die Geschichte zu Ende hören.«

»Das geht jetzt leider nicht, Janina. Ich habe zu tun.«

»Oooch.«

»Ich bin kein Dschinn, der alle Wünsche erfüllt, Mäuschen. Aber du kannst dir ja mal überlegen, welche du erfüllen könntest.«

Eva war bereits aufgestanden und machte sich auf den Weg zur Pantry.

Janina ließ den Kopf hängen. Es war ein so schönes Märchen. Und gerade, als der Bösewicht gewonnen hatte, musste sie aufhören. So'n Mist.

»Hey, Kleine!«

Sie sah auf. Der Mann auf dem Gangplatz gegenüber sah jetzt wieder ganz gesund aus. Sie blickte zu ihm hin.

»So hat es Scheherazade auch immer gemacht – mitten in der Geschichte aufgehört, genau da, wo man wissen will, wie sie ausgeht.«

»Wer ist Scheherazade?«

»Die schöne Prinzessin, die dem Sultan eintausendundeine Nacht lang Geschichten erzählt hat.«

»Und die kennen Sie alle?«

»Ein paar davon. Auf jeden Fall aber weiß ich, wie die Geschichte von Aladin und der Wunderlampe ausgeht.«

»Echt?« Janina schämte sich, dass sie sich vorhin über dessen grüne Gesichtsfarbe lustig gemacht hatte. Der Mann war so freundlich.

»Ja. Vielleicht in einer etwas anderen Version – aber in der, die ich gelesen habe, gelingt es Aladin, den bösen Wesir zu überlisten. Die Prinzessin und er überreden ihn nämlich, sich zu wünschen, selbst der größte Dschinn aller Zeiten zu sein. Als der Lampengeist ihm diesen Wunsch erfüllt, sperren sie den bösen Wesir-Dschinn in eine schäbige alte Lampe und verstecken die in einer tiefen, finsteren Höhle. Und dem hilfreichen Lampengeist schenken die Prinzessin und Aladin mit ihrem dritten und letzten Wunsch die Freiheit.«

»Oh, das ist aber nett.«

»Ja, das ist nett. Viel netter, als sich Puppen oder Computerspiele zu wünschen.«

»Öm – ja.« Janina nagte wieder an ihrer Unterlippe. Dann sagte sie: »Danke. Das war sehr nett von Ihnen, mir das Ende der Geschichte zu erzählen. Wenn ich ein Dschinn wäre, würde ich Ihnen helfen, keine Angst mehr vor dem Fliegen zu haben.«

»Kleine, den Wunsch hast du mir schon erfüllt. Als ich dem Märchen zuhörte, habe ich mich an diese Geschichten aus Tausendundeiner Nacht erinnert, die man mir früher vorgelesen hat, und ich habe all die farbenprächtigen Bilder vor mir gesehen, die sie beschreiben. Darüber habe ich meine Angst ganz vergessen.«

»O fein! Dann wird Ihnen jetzt auch der Kuchen schmecken«, meinte Janina, als Eva neben ihr mit dem Servierwagen anhielt. »Der nette Herr hat mir die Geschichte zu Ende erzählt«, erklärte sie und nahm sich ein Stück Gebäck.

»Mart Andersen, junge Dame. Du heißt Janina, nicht wahr?«

»Mhm!«

Mit vollem Mund sprach man ja nicht. Und da Herr Andersen sich auch seinem Kaffee widmete, versank Janina über dem Lebkuchen und ihrem Orangensaft in Gedanken. Wünschen war wirklich so eine Sache. Es wäre schön, wenn sie die Wünsche anderer Leute erfüllen könnte. Natürlich nur denen, die sie mochte. Ihr fielen da so einige ein. Shardul zum Beispiel wünschte sich wohl, dass der Teppich endlich fliegen könnte. Amita, das wusste sie, wünschte sich, dass Shardul sich mal streicheln ließe. Und ihr Papa – mhm – wenn sie es recht betrachtete, wünschte er sich wohl so was Ähnliches. Also nicht Shardul streicheln, sondern dass Amita ein bisschen freundlicher zu ihm wäre. Er sah sie immer so an, ja, irgendwie so. Und sie war immer furchtbar kratzborstig zu ihm. Obwohl sie eigentlich eine ganz furchtbar Liebe war.

Ach na ja, und sie selbst fände das auch ganz gut. Und wenn sie sich etwas wirklich wünschte, dann eine eigene Katze. Das wäre schön. Die könnte sich dann mit Shardul unterhalten, wenn sie alleine waren.

Versonnen schaute sie aus dem Fenster und betrachtete die Wolkendecke unter sich, die sich, von der untergehenden Sonne beleuchtet, allmählich rot färbte.

Silberfaden

Das Zucken im Fell hatte sich beruhigt, und ich hätte die Zeit gerne genutzt, um ein wenig zu dösen. Es wurde aber nichts daraus. Wieder begann eine unerklärliche Unruhe in meinen Pfoten zu kribbeln. Ich trabte also durch die Wohnung, nahm noch ein paar Knabberbissen, kickte eine vergessene Nuss unter den Schrank und strolchte zu meiner Scharr-Kiste. Brachte mir aber auch keine Erleichterung.

Schade, dass Janina nicht da war, aber die war am Vortag zu ihrem Rudel aufgebrochen. Sonst wäre sie bestimmt hochgekommen, um mit mir und den Stoffmäusen und den Klickerbällchen zu spielen. Sicher, das war keine echte Alternative zur Jagd, aber es lenkte mich von der Eintönigkeit meines Daseins und dem täglichen Frust über den Teppich ab.

Es ist ja nicht so, dass ich Menschen grundsätzlich verabscheue. Manche sind ganz brauchbar. Im Bazar gab es ein, zwei Händler, mit denen ich mich gut verstand, und auch ein paar Frauen, von denen ich mir Häppchen zustecken ließ, denen ich dafür um die Beine gestrichen war und die ich ein wenig angeschnurrt hatte. Aber die Frau hier, die hatte bei mir verschissen. Nicht nur, dass sie mich in dem Teppich entführt hatte und dann auch noch erwartete, dass ich mich von ihr streicheln ließ, nein, zwei Wochen nachdem sie mich hier abgeladen hatte, hatte sie mich hinterhältig überwältigt, in einen engen Korb gesteckt und zu einem grässlichen Mann geschleppt. Der hatte an mir rumgedrückt und gemacht und getan und mich gepiekst. Und dann war Schicht. Und als ich wieder aufwachte, fehlte was.

Was Wichtiges!

Ja.

Das hatte die mit mir machen lassen.

Und dann meinte die, ich würde mich von ihr streicheln lassen.

Missmutig trottete ich in das Schlafzimmer der Frau und überlegte, ob ich den Katzen-Geist noch mal aufmischen sollte. Könnte unterhaltsam sein. Inzwischen wusste ich, wer das war. Lange hatte ich die Vase ja ignoriert, war vorsichtig auf leisen Pfoten um sie herumgeschlichen, um sie ja nicht zu berühren, und hatte alle Fragen zu ihrer Bewohnerin, die mir im Fell juckten, weggekratzt. Aber dann musste ich eines Tages doch ganz aufmerksam lauschen. Janina hatte nämlich ein paar Blumen für die Frau mitgebracht und wollte sie in die Vase stellen. Aber die Frau wollte das nicht. Nicht etwa, weil sie von dem Geist wusste, der darin wohnte. Das wär ja noch schöner, wenn Menschen Katzen-Geister wahrnehmen könnten. Aber in dieser ominösen Vase, das hatte sie dem Mädchen gezeigt, lagen drei weiße Schnurrhaare. Geschenke ihrer früheren Katze, hatte sie behauptet. Na, also, welche Katze schenkte denn ihre Schnurrhaare her? Aber angeblich hatte diese Meena das getan. Eine weiße Schönheit sei sie gewesen, hatte sie Janina erklärt und ihr Bilder von dem Geschöpf gezeigt. Ich hatte auch drauf gelinst, heimlich. Also gut, schön war sie, die schlanke Weiße, und ihre dunkel umrandeten Augen blickten unergründlich in die Ferne. Sanft und zärtlich sei sie auch gewesen, hatte die Frau behauptet. Und unglaublich klug.

Unglaublich klug war ich auch. Aber weder sanft noch zärtlich. Das konnte sie sich abschminken. Und Meena konnte auch alles andere als sanft sein. Zumindest nicht als Geist. Denn im Sommer hatte ich es noch einmal gewagt, meine Schnauze an der Vase zu reiben, nur um zu sehen, ob sich das Schauspiel wiederholte. Und diesmal war ich auch gewappnet, als der fauchende Katzen-Geist wie der leibhaftige Shaitan herausschoss.

Bevor das Wesen das Maul aufreißen konnte, hatte ich es nach bester Bazarmanier angepfiffen. Wow, das tat richtig gut. Ich kreischte und brummte und geiferte und krakeelte. Dieses Mistvieh wirbelte Staub auf und ließ mein Fell knistern und meinen Schwanz peitschen. Es war fies, es war heftig, es war vor allem laut. Wir hetzten uns durch die Wohnung, Topfpflanzen wackelten, Gläser klirrten, ein Teller ging zu Bruch, die Nachbarn klopften an die Decke, aber schließlich hatte der Geist sein Pulver verschossen und wollte zurück in die Vase. Ich knallte ihm die Kralle auf den Schwanz.

Funken stoben.

»Lass los, du schäbiger Flohpelz.«

»Nichts da. Du bist ein Dschinn und hast mir zu gehorchen.«

»Dschinn? Pfeifendeckel. Wo hast du das dünne Brett denn her?«

»Weiß doch jeder.«

»Aber du schon gar nichts. Ich bin kein Dschinn, du Flasche. Dschinns wohnen in Lampen.«

»Und warum wohnst du in einer Vase und lässt dich durch Reiben rauslocken, Rattenarsch?«

»Und warum willst du das wissen, Zeckenkopp?«

Wir waren an einem Punkt angekommen, an dem die Verständigung abbrechen musste. Aber die Neugier. Diese elende Neugier, die unsere zweite Natur ist!

Ich gab eine Schnurrhaarbreite nach und stellte mich vor.

»Aha, Bazargelichter.«

»Immer noch besser als Flaschenputzer.«

Aber auch das Geschöpf konnte seine kätzische Natur nicht verleugnen.

»Ich habe hier zu tun, Magerschwanz.«

»Ach was? Die Vase innen ablecken?«

»Wichtigeres. Und du siehst aus, als ob du noch nicht mal dein Fell richtig bürsten könntest. Aber selbst dazu reicht es wohl nicht.«

Das war ein harter Vorwurf, und leider traf er ins Schwarze. Da ich so mit meinem Leid und der ständigen Enttäuschung beschäftigt war, hatte ich mich ein wenig vernachlässigt. Es gab da verfilze Stellen, die auch die Frau hatte rausbürsten wollen. Aber ich hatte sie nicht gelassen. Die gerade gar nicht. Aber jetzt fegte ich hektisch mit der Zunge drüber, und dieser unsägliche Geist kicherte.

»Eitel, was?«

»Weniger als du.«

Plötzlich schwang so etwas wie Trauer in der Antwort mit.

»Hab ja nicht mal mehr ein Fell, um es zu putzen.«

Ich schielte hoch. Das weiße, halb durchsichtige Wesen saß auf der Kommode neben der Vase und betrachtete seine Pfoten. Mir tat es auf einmal leid.

»Du bist Meena, nicht wahr?«

»Ja. War ich.«

»Warst du. Und jetzt?«

»Ein Seelenfetzchen von Meena. Hab's nicht über mich gebracht.«

Mir dämmerte plötzlich etwas. O Mann, was für ein Schicksal! Sie hatte es nicht auf die Goldenen Steppen geschafft – jene Gefilde, auf denen sich die Seelen der Katzen nach ihrem Tod versammelten, um sich auszuruhen, ihre Wunden heilen zu lassen, ihre Schmerzen zu vergessen und sich auf ein neues Leben vorzubereiten.

»Was ist passiert, Meena?«

»Nichts. Nur ich konnte nicht. Aber ich glaube, das verstehst du nicht.«

»Meinst du? Ich wandere auch schon seit einigen Leben«, sagte ich leise. An manche konnte ich mich erinnern, einige waren gut, andere dürftig, aber immer gab es etwas zu lernen, und immer waren sie aufregend und voller Abenteuer. Wild und frei war ich, Dschungelkatze, Streuner, Räuber. Meist war mein Pelzmantel reichlich zerrupft, wenn ich auf den Steppen ankam, um mich zu erholen.

»Mag sein, Shardul, dass du schon gewandert bist, aber du hast noch nie einen Silberfaden geknüpft.«

»Silberfaden?«

Davon hatte ich tatsächlich bisher nichts gehört. Beziehungsweise nur in einem ganz anderen Zusammenhang. Ich merkte also auf und setzte mich mit interessiert gespitzten Ohren neben Meena.

»Neugierig?«

»Immer.«

»Gut, dann hör zu. Den Silberfaden knüpfen wir mit einem anderen Lebewesen. Es ist eine hauchzarte Verbindung von Seele zu Seele und führt dazu, dass wir uns mit unserem Partner auf das Innigste verstehen.«

»Mhm. Ich hatte Kumpels. Und ein paar Liebchen.«

»Sicher, die hat jeder. Aber ich hatte Amita. Und zwischen ihr und mir hatte sich das silberne Fädchen gesponnen. Sie war fast ein Kind noch, als sie mich auf der Straße aufgelesen hatte. Meine Leute hatten mich ausgesetzt, und drei Monate hatte ich mich recht unbeholfen durchgeschlagen. War erst knapp ein Jahr alt. Sie bot mir ein Heim und ihre Zuneigung. Ich erwiderte sie.«

»Mitleid und Dankbarkeit«, knurrte ich.

»Nein, Vertrauen und Liebe, Shardul. Sie hat ein gutes Herz. Sie hat mir nie meine Freiheit genommen, ich durfte kommen und gehen, wie ich wollte. Aber ich war glücklich, immer wieder zu ihr zurückkehren zu können.«

»Wirklich? Ich meine, Menschen sind zwar ganz nützlich, aber ihnen vertrauen?«

»Janina magst du auch.«

»Ich mag sie nicht, ich benutze sie. Mit ihr kann ich Jagd spielen.«

»Ja, so kann am es auch betrachten. Sie würde dir nicht fehlen, wenn sie plötzlich nicht mehr käme.«

Eine solche Frage hatte ich mir noch nie gestellt. Würde sie mir fehlen? Vielleicht eine Weile. Aber Menschen waren austauschbar.

Ich sagte das Meena, und die nickte.

»Ja, manche sind das. Einige wenige nicht. Das Silberne Band kann man nicht erzwingen, es entsteht. Meines zu Amita ist gerissen, als ich starb. Es tat weh, Shardul, es war schmerzhafter, als du dir vorstellen kannst. Und darum bin ich hiergeblieben. Um über sie zu wachen. Denn auch ihr hat mein Tod wehgetan, und der Verlust schmerzt sie noch immer.«

»Dann komm doch wieder zu ihr zurück.«

»Geht nicht, ich hab's ja nicht auf die Goldenen Steppen geschafft. Und hier kriege ich keinen neuen Pelz.«

»Da ist was dran.«

Ich sinnierte noch etwas über Silberfäden, während Meena ganz friedlich neben mir saß. Und da ich ein unwahrscheinlich kluger Kater bin, kam ich auch auf eine neue Gedankenspur.

»Sag mal, Meena, dieser Silberfaden in dem Teppich …«

»Du bist doch ein unwahrscheinlich kluger Kater, Shardul. Denk mal selber darüber nach. Und über deine Aufgabe. Du bist ja schon ganz nah dran!«

Schwups hatte sich Meena in einen weißen Wirbel verwandelt und war in dem engen Hals der Messingvase verschwunden.

Hinter die Bedeutung ihrer mysteriösen Worte war ich bis heute nicht gekommen.

Kurzum, ich saß also auch jetzt wieder vor der Vase und beäugte die Lichter, die sich darin spiegelten. Im Nachbarhaus hatte man blinkende bunte Lämpchen ins Fenster gehängt, und sie zuckten auf der polierten Oberfläche gespenstisch auf. Gleichzeitig fing mein Fell wieder an der linken Flanke an zu zucken. Ich putzte vehement mit der Zunge darüber. Das half zunächst, aber kaum hatte ich mich wieder aufgesetzt, fing das dämliche Zucken wieder an. Diesmal kratzte ich mich herzhaft an der Stelle. Dann war Ruhe. Allerdings fegte mein Schwanz plötzlich heftig hin und her. Dieses verdammte Ende entzog sich häufig meiner Kontrolle, aber jetzt schien er außer Rand und Band zu geraten. Ich patschte drauf. Er gab Ruhe.

Trotzdem – irgendwas stimmte nicht. Irgendwas stimmte hier ganz und gar nicht.

Draußen heulte der Wind ums Haus, und die ersten Schneeflocken fielen.

Der Teppich würde nass werden.

Mhm.

15:40 Im Tower

Remo sehnt sich nach dem Ende der Schicht. Gleich kam seine Ablösung, und er konnte sich aufmachen, seine Tochter in Empfang zu nehmen. Janina sollte mit dem Flug um halb fünf eintreffen, und vermutlich musste er nachher einen halben Kofferraum voll Geschenke vom Gepäckband klauben. Nun, das sei ihr gegönnt.

Er gab einem startenden Piloten die letzten Anweisungen und sah hinter sich seinen Kollegen. Die Übergabe nahm einige Zeit in Anspruch, dann konnte er seine Konzentration lockern. Er stand auf und ging ein paar Schritte auf dem Gang vor dem Raum der Platzüberwachung auf und ab. Es lohnte sich nicht, nach Hause zu fahren, doch unten im Gewimmel der Ankunftshalle wollte er auch nicht warten. Er holte sich einen Kaffee aus dem Pausenraum und schaute aus dem Fenster. Auf dem Flugfeld bemerkte man nichts von Heiligabend. Es war wie immer hell erleuchtet, Tankwagen fuhren zu den Maschinen, Busse zum Rollfeld, Gepäck wurde verladen, ein Schlepper zog eine Maschine zum Taxiway, eine andere rollte zum Gate. Ein geschäftiger Tag wie jeder andere. Menschen wollten von hier nach da, Fracht musste von da noch dort geliefert werden. Tragflächen mussten enteist, Kerosin musste in Tanks gepumpt, Innenräume mussten gereinigt werden, der

Caterer lieferte Getränke und Mahlzeiten. Ein gewaltiges Netzwerk galt es dabei zu überwachen und zu koordinieren. Remo liebte diese Geschäftigkeit, er ging in seinem Beruf auf, es störte ihn nicht, auch an Feiertagen oder in der Nacht zu arbeiten.

Aber wenn Janina gelandet war, würde auch für sie beide Weihnachten beginnen. Seine Eltern erwarteten sie wie jedes Jahr mit einem großen, geschmückten Baum und einem Festessen. Und natürlich mit unzähligen Geschenken für ihre Enkeltochter. Verwöhntes Balg, dachte er vergnügt. Denn natürlich hatte auch er einiges für sie gefunden und sorgfältig in buntes Papier verpackt. Er liebte Janina sehr, was machte da ein bisschen Verwöhnen schon aus. Sie war solch ein Sonnenstrahl. Was ihn wirklich erleichterte. Denn ihre Mutter war es nicht. Es hatte eine hässliche Trennung gegeben, und da sie sich derart unmöglich aufgeführt hatte, war es ihm leichtgefallen, das Sorgerecht für seine Tochter zu erhalten. Zwei Jahre hatte er seine Tätigkeit als Fluglotse ausgesetzt und nur halbtags in der Abfertigung gearbeitet, aber seit Janina zur Schule ging, hatte er seinen Beruf wieder in Vollzeit aufgenommen. Seine Eltern kümmerten sich um sie, wenn sie aus der Schule kam. Bis vor kurzem hatten sie beide noch in deren Haus gewohnt, aber in diesem Frühjahr hatte er in der Nachbarschaft eine schöne Wohnung gefunden. Er brauchte mehr Freiheit – so entgegenkommend seine Eltern auch waren, seine Mutter konnte es nicht lassen, sein Kommen und Gehen ständig zu kontrollieren.

Im Mai also war er umgezogen, und das hatte ihm eine zusätzliche Überraschung beschert.

Diese Überraschung brachte ihm heute Janina zurück – die Maschine aus Köln wurde von Kapitän Bunny geflogen. Er grinste vor sich hin. Amita Rosenhag ließ sich so wundervoll ärgern. Wie ein Schachtelteufelchen sprang sie auf, wenn sie nur seine Stimme hörte. Seine Kollegen sammelten schon dumme Sprüche für ihn, mit denen er Bunny-Flight einweisen konnte, wenn sie im Anflug war. Andererseits war er auch Opfer ihres Spottes, denn es hatte sich wohl nicht vermeiden lassen, dass er ein gewisses Interesse an dem Kapitän hatte. Was sie jedoch nicht erwiderte.

Vielleicht hatte er es ein bisschen damit überzogen, sie ständig mit dem Häschenvergleich aufzuziehen, denn sie war eine der besten Piloten, die er kannte. Die holperige Landung, bei der er das erste Mal mit ihr Kontakt hatte, hatte sich nie wiederholt. Nun, es war Weihnachten, und er würde versuchen, Frieden mit ihr zu schließen. Er hatte sogar ein Weihnachtsgeschenk für sie ausgesucht – ein riesiges rosa Plüschflugzeug. Extrem kitschig und geschmacklos. Aber er hatte von anderen Kollegen und vor allem von Janina gehört, dass Amita durchaus Sinn für Humor hatte. Auch wenn er ihm gegenüber ganz offensichtlich versagte.

Hin und wieder hatte Remo schon das ungute Gefühl beschlichen, dass seine Tochter sich recht eng an Amita anschloss. Vermisste sie eine Mutter? Sie hatte nie etwas dazu geäußert, aber sie wurde nun ein junges Mädchen, und die nächsten Jahre würden nicht leicht werden. Eine ältere Freundin könnte da sehr hilfreich sein. Die Frauen, mit denen er hin und wieder ausging, waren allerdings mehr an ihm als an einer Heranwachsenden interessiert, gleichgültig, was für ein Sonnenstrahl die war.

Und Amita war mehr an dem Sonnenstrahl interessiert als an ihm.

Der Sonnenstrahl war zudem vor allem am Fliegen und an dem mürrischen Kater der Pilotin interessiert. So sehr, dass sie ihm beinahe täglich damit in den Ohren lag, eine eigene Katze haben zu wollen.

Sie hatte ihn schon fast weichgekocht. Er war mit zwei Katzen aufgewachsen und mochte diese Tiere sehr. Aber die Umstände hatten bisher verhindert, dass er ein Haustier aufnahm. Andererseits lebten sie inzwischen in ihrer eigenen Wohnung, und Janina war alt genug, um sich verantwortungsvoll um eine Katze zu kümmern. Mal sehen. Aber nicht zu Weihnachten. Vielleicht ein Maikätzchen.

Remo holte seinen Parka aus dem Spind und zog ihn über. In einer dreiviertel Stunde sollte die Maschine aus Köln eintreffen. Er suchte nach seinem Schal. Aber dann fiel ihm ein, dass er ihn morgens mit zu seinem Platz genommen und später über die Lehne gehängt hatte.

Er kehrte noch mal in den Kontrollraum zurück.

15:50 – 16:05 Reiseflughöhe

»Soll ich die Ansagen machen?«, fragte Amita ihren Copiloten, der vermutlich vergessen hatte, dass es auch zu seinen Aufgaben gehörte, die Passagiere zu begrüßen. Thomas war so konzentriert bei der Sache, dass ihm dieser Akt der Höflichkeit entfallen war.

»Ja, oh, hätte ich machen müssen.«

»Schon gut.« Amita nahm den Hörer und gab den Fluggästen die Auskünfte über Flughöhe, voraussichtliche Flugzeit und das Wetter in Berlin weiter. Und dann wünschte sie allen auch noch schöne Weihnachten.

»Diese Floskel hätte ich auch vergessen. Weihnachten – was ist schon Weihnachten?«

»Wenn ich mich recht entsinne ein Fest, das man mit Besinnlichkeit, Glühwein und Geschenken in Verbindung bringt.«

»Und Lebkuchen«, sagte Eva hinter ihnen und wedelte mit einer Packung Weihnachtsgebäck. »Kapitän Rosenhag, ich soll sie von einer jungen Dame namens Janina herzlich grüßen.«

Amita drehte sich zu der Stewardess um.

»Oh, ist sie an Bord? Ich dachte, sie würde schon früher zurückfliegen. Grüßen Sie Janina zurück und richten sie ihr aus, dass wir versuchen werden, ganz besonders weich zu laden.«

»Machen Sie nicht solche haltlosen Versprechen«, knurrte Thomas. »Wir haben mit heftigen Böen zu rechnen.«

»Sie werden doch eine süße Neunjährige nicht enttäuschen wollen?«

»Das darf man wohl nicht, was? Na gut. Ich werde mein Bestes geben.«

»Ich richte es Janina aus«, sagte Eva.

»Sie ist die Tochter dieses Clowns von Fluglotsen in Berlin«, erklärte Amita ihrem Copiloten und der Stewardess. »Sie werden also wirklich ihr Bestes geben, denn ich nehme diesmal keine Schuld für ein Landegehoppel auf mich.«

Thomas lachte unsicher, sagte aber nichts. Eva reichte ihr einen Becher Kaffee und meinte: »Die Kleine ist ein aufgewecktes Ding. Und sie hat eine nette Art – kann der Vater wirklich so ein Tropf sein, Kapitän Rosenhag?«

»Vielleicht haben seine Charaktergene sich ihr nicht vererbt«, knurrte Amita, war aber eigentlich gar nicht mehr so ungehalten über Remo. Und weil im Augenblick nicht viel zu tun war, erzählte Amita ihr, wie sie Janina kennengelernt hatte.

»Ich sollte meinen Frieden mit ihrem Vater machen. Wahrscheinlich reagiere ich zu empfindlich auf seine dummen Sprüche. Sie haben recht, ein Mann, der eine so sonniges Töchterchen hat, kann eigentlich gar kein allzu großer Stinkstiefel sein.«

»Wäre es möglich, dass er Sie absichtlich hochnimmt, Frau Rosenhag? Wenn Sie doch so berechenbar verschnupft auf seine Bemerkungen reagieren?«

»Ich vermute es fast. Ich sollte mir vielleicht auch ein paar dumme Sprüche zurechtlegen. Inzwischen weiß ich ja, wie er tickt. Aber im Frühjahr habe ich mich wirklich jedes Mal teuflisch über ihn geärgert. Bei jeder Landung war ich nervös und angespannt, um ja nicht wieder einen noch so kleinen Fehler zu machen. Aber er fand immer etwas zu meckern. Und dann wurde eine Wohnung im Parterre frei, und ein neuer Mieter zog ein. Ich hörte als Erstes dessen Stimme im Treppenhaus. Sie war mir bedauerlicherweise sehr vertraut.«

»Auwei.«

»Sie sagen es. Ich bin anschließend immer auf Zehenspitzen die Treppe hinuntergeschlichen. Aber dann traf ich eines Abends, als ich nach Hause kam, das Mädchen. Sie saß verloren und schniefend vor der Haustür. Es war aber auch ein Missgeschick – keiner der Mieter war zu Hause, und sie war nach draußen gelaufen, ohne einen Schlüssel mitzunehmen. Es goss in Strömen, und sie war völlig durchgeweicht. Also nahm ich sie mit in meine Wohnung, trocknete sie ab und fütterte sie mit Keksen und heißem Tee. Sie war mitteilsam und aufgeweckt, und mir machte es Spaß, mich um sie zu kümmern. Die größte Überraschung aber war mein unwirscher Kater. Wann immer sonst ich Besuch bekomme, löst er sich in Luft auf, verkriecht sich an Stellen, von denen ich heute noch nicht weiß, wo sie sich befinden. Aber um Janina schlich er herum. Erst in großen Kreisen, dann in immer engeren. Sie kannte gar keine Scheu vor seinem Fauchen und plapperte munter mit ihm. Er ließ sich zwar auch von ihr nicht berühren, aber immerhin schnupperte er kurz an den Fingern, die sie ihm hinhielt.«

»Vielleicht sind Sie zu alt für diesen Macho-Kater?«, meinte Eva lächelnd.

Amita lachte leise. »Vielleicht. Als ich ungefähr so alt wie Janina war, habe ich auch Freundschaft mit einer Katze geschlossen. Kinder haben wahrscheinlich einen leichteren Zugang zu den Tieren. Ich sah das zumindest als Chance, Shardul eine Kameradin zu verschaffen, und fragte Janina, ob sie nachmittags, wenn ich unterwegs bin, nach ihm schaut. Sie war begeistert.«

»Ihr Vater auch?«

»Ich nehme es an. Sie ist, soweit ich das beurteilen kann, ungeheuer gut darin, ihn um den Finger zu wickeln. Er selbst hat mich zwar nicht darauf angesprochen, aber Janina tauchte an meinem nächsten freien Tag bei mir auf und bat, mit Shardul spielen zu dürfen. Seither hat sie den Schlüssel zur Wohnung. Sie kümmert sich sehr gewissenhaft um den Kater. Ich habe den Eindruck, von ihr akzeptiert er sogar das verschmähte Futter. Und er hat sich – ihren Erzählungen nach – sogar schon mal das Fell bürsten lassen.«

Eva nahm ihr den leeren Kaffeebecher ab. »Ich muss mich wieder um die Passagiere kümmern. Und Janina Ihren Gruß ausrichten, Frau Rosenhag.«

»Ja, tun Sie das. Wenn wir gelandet sind, bringen Sie sie, wenn sie möchte, ins Cockpit. Ich glaube, das würde ihr Spaß machen.«

Als die Stewardess die Tür hinter sich geschlossen hatte, fiel Amita wieder ein, wie sie Remo Schulze zum ersten Mal begegnet war. Natürlich hatte er schnell genug herausgefunden, dass die Mieterin in der obersten Wohnung die Pilotin war, die er mit seinen lockeren Sprüchen nervte. Wie blöd von ihr, ihn sich als einen unrasierten Chauvi vorzustellen, der mit schmierigen Gel-Locken und Goldkettchen um den Hals einherkam. Das hätte zu den Anmachsprüchen gepasst, mit der er sie beim An- und Abflug beglückte. Aber nein, er war ein ansehnlicher Mann, groß, schlaksig, wenn auch irgendwie unfrisiert und in verwaschenen Jeans und Pullover leger gekleidet. Er war eben dabei, Janinas Fahrrad zu reparieren. Und da seine Tochter sie lauthals begrüßte, kam sie nicht umhin, ihn ebenfalls kühl zu grüßen. Einen Moment lang hatte er sie fassungslos angestarrt. Und hatte dann gegrinst.

Seine Gedanken hallten so laut in ihrem Kopf wider, dass sie fast spüren konnte, wie ihr lange rosa Ohren und ein Puschelschwanz wuchsen.

»Hi, Bunny-Flight!«, hatte er gemurmelt, und sie war wegstolziert.

Sie begegneten sich selten. Hin und wieder in dem gemeinsamen Waschkeller oder auf der Treppe. Sie grüßte ihn kühl, er grinste sie an. Widerlich.

Nein, eigentlich nicht widerlich. Eigentlich spöttisch. Oder – vielleicht auch herausfordernd?

Wenn sie es recht bedachte, hatte Thomas wohl recht – sie gab ihm jeden Anlass dazu, sie zu foppen. Was hatte sie sich über das rosa Häschen geärgert, das sie vor zwei Wochen in ihrer Waschmaschine vorgefunden hatte! Dumm eigentlich. Die Pralinen, auf denen das Plüschtier saß, waren nämlich ihre Lieblingssorte. Die hatte sie dann doch gegessen. Heimlich, unterwegs, damit noch nicht einmal Janina das sah und es weitererzählte.

Und mit einem Schlag wurde Amita die Komik der Situation klar – sie benahm sich genau so wie ihr unwirscher Kater! Der schlappte sein Leckerchen auch immer heimlich aus.

Fast hätte sie gekichert.

Sollte es auch da Parallelen geben? War das etwa Remos Art, sie zu umwerben? So wie sie bei Shardul versuchte, sein Zutrauen zu gewinnen? Mit Sahne, Leckerbissen, Plüschmäusen und – ja, vermutlich in seinen Ohren lauter dummen Sprüchen.

Autsch!

Remo hatte ihr seine Tochter anvertraut, er schenkte ihr bei An- und Abflug seine höchste Aufmerksamkeit. Und trotz seiner Macho-Sprüche war er ein ganz ausgezeichneter Controller.

Und offensichtlich ein hingebungsvoller Vater.

Mit einer Menge hintersinnigem Humor.

Eigentlich auch nicht unattraktiv.

Und ungebunden.

Und er mochte Katzen.

Dass er ihren entlaufenen Kater wieder eingefangen und sich um ihn gekümmert hatte, wollte sie ihm hoch anrechnen. Auch wenn es Janinas Nachlässigkeit zu verdanken war, dass Shardul ihr durch das offene Fenster entwischt war.

Zwei Wochen war er fort gewesen, und trotz seiner ewig mürrischen Laune hatte sie sich traurig und verlassen gefühlt. An sein trotziges Wesen hatte sie sich schon gewöhnt, und manchmal, so hatte sie den Eindruck, war er auch nahe daran, seine Zurückhaltung aufzugeben. Einmal, hatte sie bemerkt, war er sogar nachts in ihr Bett gekommen. Am Fußende hatte sie ein zusätzliches Gewicht verspürt und nicht gewagt, sich zu regen. Ganz, ganz leise hatte es dann geschnurrt.

Außerdem verrieten ihr Spuren von Katzenhaaren in der letzen Zeit, dass er tagsüber manchmal auf ihrer Bettdecke der Ruhe pflegte.

Aber sein Freiheitsdrang war weiterhin groß gewesen, und sie wünschte sich manchmal, eine Wohnung zu haben, die ihm wenigstens einen Auslauf in den Garten gestatten würde.

Immerhin, Shardul hatte zwei Wochen seine Freiheit genossen, doch als es ihm schlechtging, war er zurückgekommen.

Und Remo Schulze hatte sich ihr gegenüber ausgesprochen nett verhalten, als er den Streuner zu ihr brachte. Sie hätte freundlicher zu ihm sein sollen. Er hatte sogar die Tierarztkosten übernommen, weil Shardul sich in seiner Obhut befunden hatte, als er seinen Ausbruch bewerkstelligt hatte.

Ja, es war an der Zeit, ihr Verhältnis zueinander neu zu überdenken.

Weihnachten war ein guter Zeitpunkt dafür.

Nachher würde sie ihn zu ihrer Party am nächsten Tag einladen. Ihn und Janina. Und vielleicht ergab sich ja eine Möglichkeit, Frieden mit ihm zu schließen.

Oder gar einen kleinen Flirt mit ihm anzufangen?

Was machte sie sich hier eigentlich für seltsame Gedanken?, fragte Amita sich verwirrt. Ein Alarmlämpchen leuchtete in ihrem Hinterkopf auf. Sie war doch wohl nicht dabei, sich für einen Lotsen-Clown zu interessieren? Das könnte Probleme schaffen.

»Kapitän, ich fürchte, wir haben Probleme«, sagte ihr Copilot.

Sofort war Amita ganz Konzentration.

Ein Alarmlämpchen leuchtete auf.

Freundschaft

Ich war noch einmal zu dem Teppich auf der Balkonbrüstung geschlendert. Ein paar Flöckchen Schnee waren darauf liegen geblieben, aber jetzt hatte es aufgehört zu schneien. Was nicht aufhörte, war das Zucken unter meinem Fell an der linken Flanke. Inzwischen halfen weder Bürsten noch Kratzen dagegen. Außerdem hatten meine Barthaare begonnen, unangenehm zu vibrieren. Ein schrecklicher Zustand. Es lag irgendwas in der Luft. Ich streckte meine Nase in den kühlen Wind und schnupperte.

Nichts, was von Bedeutung war. Ein wenig Holzrauch aus einem Schornstein wehte vorbei, jemand hatte das Küchenfenster geöffnet, und satter Bratenduft kitzelte meine Nase, ein Hauch von Zimt und Nelken entschlüpfte einer anderen Wohnung. Angenehm, friedlich und ganz gewöhnlich.

Und dennoch – es dräute etwas, das meine Sinne in Schwingungen versetzte.

So ähnlich hatte ich mich vor langer Zeit einmal gefühlt, kurz bevor die Erde zu beben begann. Dieses unterirdische Grollen hatte ebenfalls meine Nerven bis zum Zerreißen angespannt. Sollte auch hier die Erde beben? Ich konzentrierte mich auf meine Pfoten. Die Ballen waren überaus sensibel. Langsam, bedächtig ging ich hin und her. Erst auf der Dachterrasse, dann im Innern der Wohnung.

Nein. Da war alles fest und solide. Nichts kündete mit einem zarten Tremor die anrollenden Bewegungen im Untergrund an. Also etwas anderes? Ein Orkan vielleicht? Ein Gewitter? Bei Blitzen knisterte mein Fell manchmal. Aber das war es auch nicht.

Trotzdem, es musste eine Art Vorahnung sein. Eine Warnung vor Gefahr.

Gefahren gab es viele. Nur welche konnten mich hier im Haus treffen? Erdbeben sicher, aber das war es ja nicht. Wasser? Wasser war fies. Aber für eine Flutwelle lag das Haus zu weit von dem Gewässer entfernt, das ich bei meinem Ausflug gesehen hatte. Blieb Feuer – Feuer war immer eine gewaltige Gefahr. Ich hatte einmal vor einem Brand im Bazar fliehen müssen. Der Qualm hatte mich fast umgebracht. Und zwei meiner besten Kumpels hatte ich verloren. Vor Feuer musste man fliehen.

Hier konnte ich nicht fliehen. Außer ich bekam diesen vermaledeiten Teppich dazu, sich in Bewegung zu setzen.

Also wieder raus, den Lappen beschwören, beschimpfen, kratzen und verprügeln.

Nichts.

Nichts, nichts, nichts!

Frustriert schleppte ich mich ins Warme. Mein Schwanz zuckte, meine Schurrhaare bebten.

Überleg, Shardul. Überleg!

In dieser Weihnachtszeit spielten die Menschen allenthalben mit dem Feuer – Kamine, Kerzen, Räucherstäbchen – wie schnell konnte da ein Brand entfacht werden.

Ich musste den Teppich in meine Gewalt bringen. Was hatte ich dazu nicht gelernt oder wieder vergessen, verdammt?

Ich besann mich auf die Zeit, als ich das erste Mal von ihm hörte. Oder besser, von dieser ganzen Gattung der magischen Teppiche. Es war Bazargespräch, das mich darauf aufmerksam machte. Angeregt durch meine wundervollen Flugträume neben der Wasserpfeife spitzte ich daraufhin die Ohren, um mehr darüber in Erfahrung zu bringen. Ein alter Mann schließlich hatte mir die Erleuchtung gebracht. Er hatte auf einem prachtvollen Kissen gesessen, ein ganzer Ring Menschen um ihn herum, und hinter den Teppichstapeln lauerten auch wir. Ja, Katzen sind neugierig, und alte Geschichten üben einen großen Reiz auf uns aus. Und diese erschien mir besonders wunderbar, hatte ich mir doch schon so oft gewünscht, mich tatsächlich in die Lüfte zu erheben und die Welt von oben zu betrachten.

Teppiche, so hörte ich bei dieser Gelegenheit, konnten manchmal magische Kräfte entwickeln. Auf einen bestimmten Befehl hin begannen sie zu fliegen, und wer dann auf ihnen saß, wurde von ihnen dorthin getragen, wo man hin wollte. Das hatte mich so fasziniert, dass ich von jenem Tag an mich auf die Suche machte. Der Alte hatte nämlich erwähnt, woran man einen solchen flugbereiten Teppich erkennen konnte. Die magischen unter ihnen waren immer sehr alt, von jenen höchst kundigen Meistern hergestellt, die noch die geheimen Künste beherrschten. Aber es waren nicht besondere Muster oder Ornamente, die sie auszeichneten, es gab sie angeblich in allen Stilarten – geknüpft, gewebt, bestickt, aus Wolle, Seide oder Baumwolle. Nur eines war ihnen gemeinsam: ein feiner, ja kaum erkennbarer Silberfaden, der sich in der Mitte – und zwar genau in der Mitte längs durch den Teppich zog.

Nun war mein Revier tatsächlich geeignet dafür, einen solchen zu finden. Immerhin befand ich mich in dem größten Teppichbazar Jaipurs. Ich kannte alle Winkel und alle Händler mit ihren Angeboten. Stapel von farbenprächtigen Knüpf- und Webwaren durchsuchte ich, beschnüffelte ich, betastete ich. Meine Freunde fingen an, mich für verrückt zu halten. Musste ja so sein – ich vergaß sogar das Jagen über meine Obsession. Und selbst die rolligen Kätzinnen konnten mich nur sehr, sehr kurz von meiner Suche abhalten.

Wie gesagt, der Bazar war weitläufig, das Angebot gewaltig. Und immer wieder kamen neue Stapel von Teppichen hinzu. Aber über die Monate hin bekam ich ein Gespür dafür, welche ganz bestimmt nicht in Frage kamen, und ich engte den Kreis ein. Alle die mit dem Geruch moderner Farben, jene, die nicht die traditionellen Muster aufwiesen, solche, die nicht von Hand geknüpft waren, aber von den Schlawinern unter den Händlern als solche angeboten wurden, die betrachtete ich gar nicht erst. So fand ich dann heraus, dass einer der Händler mit ganz besonderer Ware handelte – gebrauchte Teppiche, manchmal schon ein wenig abgenutzt an den Rändern, doch immer frisch gereinigt und aufgebürstet. Bei ihm versprach ich mir einen gewissen Erfolg. Wo immer er seine Ware bezog, er bekam alle Monate neue Lieferungen, und die untersuchte ich besonders gründlich. Es blieb nicht aus, dass der Mann mich bemerkte. Er war ein magerer Kerl, aber wohl doch recht kräftig, denn er wuchtete die Rollen mit einiger Leichtigkeit umher und schlug die Stapel für die Kunden geschwind auf. Ich strich häufig um sein

Lager, und wenn er sich von der Garküche etwas zu essen holte, gab er mir manchmal einen Happen Fleisch oder ein Schüsselchen Joghurt ab. Er gewöhnte sich sogar an, einige Worte mit mir zu wechseln, und erlaubte es mir, auf den Teppichen zu ruhen. Einen mochte ich besonders gerne. Der war etwa drei Katerlängen lang und zwei breit und fühlte sich himmlisch seidig an. Den Rand umwand ein wundervolles Blumenmuster, doch in der Mitte war er einfarbig und schlicht, aber von leuchtendem Rot – so rot, wie nur die beste Seide leuchten konnte. Der Händler bemerkte einmal, dass mein grau-schwarzer Pelz sich sehr dekorativ darauf machte.

Dann erschien am nächsten Morgen die Frau. Und die handelte und feilschte und ging wieder weg und kam wieder. Und handelte und feilschte und trank Tee und schwatzte. Mir wurde das zu langweilig. Ich streunte anderweitig herum, und als ich abends wiederkam, war mein Lieblingsteppich von seinem Stapel genommen und zu einer losen Rolle in eine Ecke gelegt. Noch machte ich mir keine Gedanken darüber, warum das wohl so war. Teppichrollen hatten mir schon immer gefallen, und dieser aus Seide behagte mir besonders. Ich schlüpfte hinein in den weichen Tunnel. Und als ich es mir gerade gemütlich machen wollte und schon zu schnurren begonnen hatte, da entdeckte ich ihn dann – den feinen Silberfaden.

Genau in der Mitte, auf der Unterseite in dem Gewebe. Genau da zog sich ein hauchfeiner, schimmernder Faden entlang. Das untrügliche Zeichen, dass dieser Teppich – bei Anwendung des rechten Wortes – sich in die Lüfte erheben und seinen Passagier tragen würde.

Ob der Händler den Faden auch gesehen hatte? Oder die Frau?

Ich weiß es nicht. Zumindest hatte der Mann nie den Versuch gemacht, den Teppich dazu zu bringen, sich zu erheben. Und die Frau? Pah, die hatte ihre fliegenden Maschinen.

Ich versuchte es jedoch sogleich. Aber dummerweise war mir der entsprechende Befehl entfallen. Der Geschichtenerzähler hatte ihn genannt, aber ich war damals so gebannt von der Vorstellung, auf einem Teppich fliegen zu können, dass das Wort schlicht meinem Gedächtnis entschlüpft war. Nur eines wusste ich noch – es hatte etwas mit Essen und Gewürzen zu tun.

Ich krabbelte also wieder aus der Rolle hinaus, und ein paar Mal umschlich ich den Teppich, um noch ein wenig vertrauter mit ihm zu werden. Und nachts, als alles ruhig war, versuchte ich mein Glück mit allerlei Schmeicheleien. Einmal hoben sich ein paar Fransen, und ich dachte, ich sei nahe dran. Da aber nichts weiter daraus wurde, kroch ich wieder in die Rolle, tretelte mich zurecht und fiel in einen beseligenden, traumreichen Schlaf, in dem ich wieder einsam über die nächtlichen Lande segelte.

Als ich aufwachte, war es dunkel um mich geworden, und mein Martyrium begann.

Es endete in einer hässlichen kalten Halle, als man den Überzug von der Teppichrolle entfernte. Ich wollte fliehen, wollte kreischen, wollte um mich schlagen, aber ich war so schlapp und schlaff vor lauter Übelkeit und Elend, dass mich die Frau einfach in eine Tasche stecken konnte.

Wieder Geschaukel und Gedröhne, und dann landete ich hier.

Halbtot.

Das hatte die extra gemacht.

Die hatte mich entführt. Aus meinem warmen, bunten, lebhaften Bazar-Revier. Gefeilscht hatte sie, gehandelt und dann, als ich nicht achtsam war, eingewickelt und in eine stinkende, klappernde Maschine gesteckt. Ja, sicher, ich war geflogen. Das wurde mir später klar. Aber hatte ich was davon? Irgendwo in so einem Blechbauch von einem Fluggerät, im Finstern und eingesperrt – das war nicht das, was ich mir erträumt hatte.

Und die war Schuld daran. Da half auch nichts, dass sie mir Futter hinstellte und Sahnetöpfchen. Das weiße Zeugs kannte ich sowieso nicht und war sehr, sehr misstrauisch, ob sie mich damit nicht vergiften wollte. Aber der Geruch war nicht schlecht. Und als sie die

Behausung verlassen hatte, hatte ich probeweise mal die Zunge hineingesteckt. Ich geb's ja zu, seither liebe ich Sahne.

Was mich auf die Idee brachte, auch jetzt noch mal die Küche aufzusuchen. Ein Restchen war noch drin in der kleinen, blauen Schüssel. Ich leckte sie gründlich aus.

Aber das Zucken an meiner Flanke hatte nicht aufgehört. Im Gegenteil, es schien sich weiter unter meinem Fell auszubreiten.

Es dräute mir noch immer Gefahr.

Wie, verdammt noch mal, bekam ich diesen Teppich zum Fliegen?

16:06 Probleme

Remo ging zu seinem Platz, auf dem jetzt der Kollege der Spätschicht saß und mit ruhiger Stimme Start- und Landeanweisungen durchgab. Er nahm seinen vergessenen Schal von der Lehne, störte aber den Mann nicht. Trotzdem bekam er von der Fluglotsin auf dem Platz daneben einen Wink.

»Du wartest doch auf deine Tochter aus Köln, Remo?«

»Ja, in einer halben Stunde. Gibt es Verspätungen?«

»Ein paar Minuten, aber der Pilot hat ein Problem mit einem Triebwerk gemeldet.«

Remo schluckte. Solche Probleme waren nicht grundsätzlich dramatisch. Auch mit nur einem Triebwerk konnte die Maschine noch sicher landen. Aber Janina war an Bord. Und, wie er wusste, Kapitän Rosenhag – Captain Bunny. Sie war eine gute Pilotin, sagte er sich. Sie würde die Sache schon in den Griff bekommen. Dennoch beschloss er im Tower zu bleiben, um weiter zu hören, wie sich die Sache entwickelte.

Der Blick aus dem Fenster erhöhte das beklemmende Gefühl jedoch. Die Wolkendecke lag schneeschwer über dem Land, heftige Böen waren angekündigt.

Sie würde es nicht leicht haben.

Zweimal hatte er in seiner Laufbahn echte Notlandungen miterlebt. Sie waren zwar einigermaßen glimpflich abgelaufen, aber der Anblick eines nicht mehr zu kontrollierenden Flugzeugs im Landeanflug war mehr als erschreckend.

Verflixt, er war trainiert, ruhig und gelassen auch in solchen Situationen zu bleiben. Und Amita war es auch. Vielleicht war es nur eine Kleinigkeit, ein Verschlucken, ein Kerosin-Huster …

»Der Kapitän hat durchgegeben, dass das linke Triebwerk ausgefallen ist«, sagte die Kollegin zu ihm, als sie den Hörer niederlegte.

»Amita Rosenhag?«

»Richtig, deine Freundin.«

Remo nickte nur.

»Magdeburg«, sagte er.

»Sieht nicht so aus. Wär auch schwierig, die haben Schneetreiben.«

Die Controllerin widmete sich wieder ihrem nächsten Anflug. Remo blieb hinter ihr stehen, den Schal noch in der Hand.

Es war natürlich Blödsinn, sich irgendwelche Absturz-Szenarien vorzustellen. Oft genug hatte er schon Meldungen von Piloten entgegengenommen, die einen technischen Fehler bemerkt hatten und dennoch sicher gelandet waren. Wenn Amita nicht zu einem anderen Flughafen ausweichen wollte, dann war das ihre Entscheidung. Sie wusste genau, was sie sich und der Maschine zumuten konnte. Vermutlich hatte sie noch nicht einmal die Passagiere informiert, um eine Panik zu vermeiden. So kühl, wie sie ihn immer behandelte, würde sie auch diesen Fall abwickeln.

War sie eigentlich wirklich so kühl und gelassen?

Janina hatte augenscheinlich ein ganz anderes Bild von ihr. Sie fand sie lustig und lieb und manchmal ein wenig traurig. Kinder hatten ein gutes Gespür für Menschen, seine Tochter überraschte ihn da sowieso immer wieder. Anfangs hatte er die Pilotin einfach gerne ein bisschen aufgebracht, weil sie so sehr an ihrem Status als Flugkapitän zu hängen schien. Frauen, die diesen Beruf wählten, waren noch immer selten und mussten sich sicher einiges an bescheuerten Vorurteilen anhören. Üblicherweise hatten sie auf dumme Sprüche meist noch herzhaftere Antworten. Dass Captain Bunny hingegen so knochentrocken nüchtern blieb, hatte ihn gereizt. Er wollte herausfinden, wann ihr denn wohl der Kragen platzte und sie es ihm mit gleicher Münze heimzahlte. Aber sie hatte sich fabelhaft unter Kontrolle. Er hatte sie also als humorlose Pedantin abgestempelt, bis zu dem Augenblick, als er sie das erste Mal gesehen hatte. Bis zum Zeitpunkt ihres Einzugs in die neue Wohnung kannte er nur ihre Stimme. Dann aber, als er gerade an Janinas Fahrrad herumbastelte, war sie aus der Haustür getreten. Er war sich ganz sicher, dass er ihr den Anblick eines minderbemittelten Hammels in Hosen geboten hatte, der mit offenem Maul, sabbernd und hervorgetretenen Augen mit den Hufen scharrte. Und als er sich von dem Schock erholt hatte, war ihm nicht nur ein dümmliches Grinsen, sondern eine noch dümmlichere Bemerkung entwischt. Er hätte sich in seinen Hammelhintern beißen können.

Kapitän Amita war nämlich eine bestrickend schöne Frau. Und das Lächeln, das sie Janina geschenkt hatte, war eines, nach dem er sich seither in seinen Träumen sehnte. Er wünschte sich, es würde einmal ihm gelten.

Aber die Situation war verfahren. Er hatte es versucht, sich ihr auf andere Weise ein wenig gefällig zu machen, hatte Janina nach Dingen gefragt, die sie offensichtlich besonders gerne mochte. Da stand an erster

Stelle wohl dieser mürrische Kater, mit dem seine Tochter sich so gerne abgab. Dessen ganze Geschichte hatte sie ausgeplaudert, und dabei hatte er auch so einiges über Amitas Herkunft und Familie gelernt. Nein, er hatte Janina nicht darauf angesetzt, ihre Freundin auszuspionieren, aber die wichtigsten Fakten hatte er zusammengetragen. Ihr Vater war Innendekorateur, ihre Mutter, eine Inderin, Ingenieurin bei einer großen Fluggesellschaft. Von ihr mochte sie die grazile Gestalt und das blauschwarze Haar haben. Er vermutete aber, dass ihre grünen Katzenaugen Erbe ihres Vaters sein konnten.

Er hatte sich sogar eines nicht wirklich korrekten Übergriffs schuldig gemacht und eines Tages Janina oben an ihrer Wohnungstür abgeholt. Dabei hatte er einen Blick hineingeworfen und Bekanntschaft mit dem Kater gemacht. Ein schlankes, grau-schwarz getupftes Tier mit ungewöhnlich großen Ohren und einem Blick, der ihn wie ein Laserstrahl zu durchdringen schien.

Als er ihn damals, nach seinem missglückten Ausflug wieder eingefangen hatte, war dieser sengende Blick das Einzige, was an dem kranken Kater noch richtig lebendig gewesen war.

Lächelnd dachte Remo daran.

Der Kater hatte den selben Blick wie seine Menschenfrau.

Wieder und wieder entzog sich dieser verdammte Teppich meinen Versuchen, ihn zu zähmen.

Ich funkelte ihn an. Mit meinem schärfsten Blick. Dann fauchte ich.

Die Fransen flatterten. Im Wind, nicht weil er abheben wollte.

Und in mir machte sich das ekelhafte Gefühl breit, dass ich auf ihn angewiesen war, weil ich nur mit ihm ein gewaltiges Unglück vermeiden konnte.

Warum war das so?

Kam diese Warnung, dieses Vorherahnen möglicherweise von ihm?

Sollte es vielleicht an diesem Silberfaden liegen?

Silberfaden.

Was hatte Meena gesagt? Die Silberfäden stellten eine Verbindung her. Zwischen Lebewesen. Nicht zwischen Katzen und Teppichen.

Die Nervosität in meinem Schwanz nahm weiter zu, er peitschte unaufhörlich hin und her. Ich schaute zum Himmel auf. Dort dröhnte in niedriger Höhe ein Flugzeug über mir hinweg.

Das taten die sonst nie. Warum heute?

Kam die Gefahr daher?

Ein furchtbarer Gedanke erfasste mich. Fliegen war das eine, runterkommen das andere. Was, wenn einer dieser schweren Flieger vom Himmel fiel? Mir auf den Kopf?

Meine Schurrhaare legten sie nach hinten, bereit, der Gefahr zu trotzen. Doch ein herabfallendes Flugzeug konnte ich nicht bekämpfen. Das würde mich einfach plattmachen.

Dieser Teppich – was war sein Geheimnis?

Wieder versuchte ich es im Guten. Versuchte es mit allem, woran ich mich erinnern konnte.

»Ingwer erhebe dich!«

Nichts.

»Curry, erhebe dich!«

Auch nichts.

»Kardamom, erhebe dich!«

Keine Reaktion.

»Safran, erhebe dich!«

Nix.

Verdammt, was denn noch? Ich bin kein Vegetarier. Und es handelte sich um ein Zeug, das ich niemals essen würde.

Ein weiteres Flugzeug donnerte über die Dächer. Schnee rieselte, tanzte in dicken Flocken im Wind. Und dann begannen die Glocken zu läuten.

Es ging mir durch alle Knochen. Große, machtvolle Schläge hallten durch die kalte Nacht. Ich war Gongs gewöhnt oder kleine klingelnde Glöckchen, nicht diese wuchtigen Klänge. Und trotzdem, sie schienen das

Zucken meines Fells zu mildern, die furchtbare Nervenanspannung fiel von mir ab. Stetig kündete das Geläut der Glocken von Frieden und Andacht.

Ich konnte wieder denken.

Und da ich ein unwahrscheinlich kluger Kater bin, kam ich auch auf eine Idee.

Meena, der Katzen-Geist. Meena wusste von dem Silberfaden – auch wenn sie ihn in einem anderen Zusammenhang genannt hatte. Und hatte sie nicht so getan, als wüsste sie, wie man den Teppich in Bewegung setzte? Ganz nah sei ich dran, hatte sie gesagt. Ganz nah.

Sie wusste was!

Eindeutig.

Und sie würde es jetzt preisgeben!

Sie musste!

Es drohte mir Gefahr.

Und ihrer blöden Vase vermutlich auch.

Ich trabte ins Schlafzimmer, sprang auf die Kommode und schmiegte ganz sanft meine Backen an die Rundung und schnurrte melodisch.

»Uhhaaauu!«

Gähnend kam Meena aus dem Hals der Vase geschwebt.

»Iss was?«

»Ich glaube ja, Meena.« Ganz ruhig und höflich blieb ich. Jawohl! »Ich habe das Gefühl, dass eine große Gefahr auf uns zukommt.«

»Ah ja? Auf uns?«

»Ja, auf uns. Auch mich und auf dich.«

Sie hob ihr Näschen und witterte.

»Nö.« Halb war sie wieder in ihrer Vase verschwunden.

»Meena, nicht!«

»Warum nicht?«

»Es liegt was in der Luft! Ehrlich.«

»Kann sein, aber uns betrifft es nicht. Kannst ganz beruhigt sein.«

Das war ich aber nicht. Das Zucken meldete sich wieder.

»Meena! Nun hör mir doch mal zu!«

»Nö.«

Ich wollte fauchen, aber dann besann ich mich. Das war zu wichtig. Ich rieb meinen Kopf wieder an der Vase und bemühte mich zu schnurren. Es klang ziemlich grollend.

Meena kicherte.

Ich hasse das, wenn Leute so tun, als wüssten sie mehr als ich. Aber ich schluckte die trockene Wollmaus.

»Bitte, Meena. Mir ist ganz komisch.«

»Woran das wohl liegt, mhm?«

»An der Gefahr, die uns droht.«

»Nicht uns, Shardul.«

Ich hätte sie in den Schwanz kneifen können, der so neckisch vor mir hin und her schwankte. Ich tat es vorsichtshalber nicht. Wahrscheinlich würde ich zwei

Reißzähne verlieren. Dieses Energiebündel war nicht zu unterschätzen.

»Nicht uns? Aber wem dann?«

»Denk mal nach! Hättest du schon die ganze Zeit über machen sollen.«

»Ich denke ständig. Vor allem darüber nach, wie ich diesen verd… schönen Teppich zum Fliegen bekomme.«

»Warum soll der fliegen?«

»Damit ich fliehen kann!« Diesmal fauchte ich doch.

»Wovor fliehen, Shardul. Dir droht doch keine Gefahr.«

»Grrrr.«

Aber dann sackte ich zusammen. Nicht mir. Das war's wohl.

»Wem droht denn Gefahr, Meena?«

»Jemandem, den du kennst.«

»Ich kenn niemanden.«

»Doch!«

Ich sprang auf den Boden, zog Kreise. Meine Barthaare vibrierten.

Ein weiteres Flugzeug dröhnte über uns hinweg.

Das Vibrieren verstärkte sich, wurde heftig, setzte sich durch meine ganzen Körper hindurch fort, steigerte sich, und meine Pfoten begannen wie wild zu zucken.

Dann war plötzlich Ruhe.

»Es ist etwas passiert.«

»Wird schon so sein. Aber dich betrifft es ja nicht. Du kennst ja niemanden.«

Doch. Ich kannte wen. Wollte ich aber nicht. Aber ich musste dem wohl in die Augen sehen.

»Janina?«

»Vielleicht.«

»Sie sitzt in so einer Flugmaschine.«

»Darüber weiß ich nichts.«

Ich jaulte fast.

»Worüber weißt du denn was, Meena? Nun sag es doch schon! Ich halte das nicht länger aus.«

»Ich weiß nur, was mit Amita ist. Zur ihr habe ich einst das Band geknüpft, Shardul.«

»Silberfaden.«

»Richtig.«

Mir ging ein Licht auf.

»Sie hat den Teppich für sich ausgesucht. Den mit dem Silberfaden«, murmelte ich leise.

»So ist es. Ein Verbindungsstückchen.«

»Dann ist diese Frau in Gefahr?«

»Diese Frau …«

»Heilige Bastet, verflucht noch mal, ja, diese Frau.«

»Welche?«

Sie zwang mich. Dieser widerwärtige Katzen-Geist zwang mich, das zu tun, was ich nie wollte. Namen sind heilig. Namen binden. Namen bedeuten Anerkennung.

Aber das Zucken unter meinem Fell setzte wieder ein. Überaus heftig.

Ich knirschte mit den Zähnen.

»Amita.«

Raus war's.

Der Katzengeist schnurrte.

»Amita, ganz richtig.«

»Amita ist in Gefahr«, quälte ich durch die Zähne.

»Scheint so. Was ist, wenn sie nicht wiederkommt?«

Dann saß ich hier alleine und gefangen herum und konnte verhungern. Da hatte sie recht, die Meena.

»Was soll ich denn tun, Meena?«

Irgendwie fühlte ich mich verzweifelt.

»Vielleicht kannst du ihr helfen.«

»Kann ich nicht. Sie saust da oben irgendwo durch die Luft. Und der Teppich fliegt nicht.«

»Doch, der kann das. Wenn man den richtigen Befehl kennt.«

»Der fällt mir aber nicht ein!«, heulte ich.

»Dann sage ich ihn dir.«

Perplex starrte ich Meena an.

»Du kennst ihn?«

»Sicher.«

»Dann sag schon, sag!«

»Nur wenn du versprichst, deine Aufgabe anzunehmen.«

»Was denn noch? Ich hab doch schon ihren Namen gesagt.«

»Wessen?«

»Amitas«, knurrte ich.

»Fein, dann wird das andere dir jetzt leichtfallen.«

»Was?«

»Lass dich von ihr streicheln. Sie wünscht es sich.«

»Aber ich mir nicht.«

»Du wünschst dir einen fliegenden Teppich. Wunsch gegen Wunsch.«

Flusige Wollmäuse sind ekelig zu schlucken. Verdorbener Fisch auch. Stolz würgt noch mehr in der Kehle.

Ich würgte und würgte daran.

»Gut«, würgte ich dann heraus.

»Dann neige mir dein Ohr, o großer Tiger.«

Ich tat es.

16:10 Große Probleme

Unter ihnen lag eine geschlossene Wolkendecke. Sie zu durchqueren würde mit kräftigen Turbulenzen verbunden sein, dachte Amita. Darunter hatte leichter Schneefall eingesetzt, aber die Landebahnen würden geräumt sein. Noch gab es keine nennenswerten Schwierigkeiten, auch wenn die linke Turbine ausgefallen war. Warum, darüber machte sie sich jetzt keine Gedanken, das sollten die Techniker später klären. Mehr

Sorgen machte ihr Thomas. Der Copilot, der ihr schon gleich zu Beginn etwas zu nervös vorgekommen war, schien jetzt am Rande der nervlichen Belastbarkeit angelangt zu sein. Sie hatte kommentarlos die Führung des Flugzeugs übernommen und ihm die Aufgabe überlassen, den Kontakt mit der Flugsicherung zu halten.

Entweder hatte der Mann privaten Stress, einen extrem schlechten Tag, oder er war für den Job nicht geeignet. Er wollte unbedingt einen Emergency melden, aber das würde bedeuten, dass die gesamte Rettungsequipe auf das Rollfeld losgelassen wurde. Und das nur, weil sie mit einem Triebwerk landen mussten. Treibstoff hatten sie genug an Bord, der Ausgleich, der notwendig war, weil nur die rechte Turbine noch arbeitete, war nicht schwer herzustellen. Sie hatte es oft genug trainiert und auch schon einmal während ihrer Co-Pilotenzeit in der Realität erlebt. Sie hätte Magdeburg als Ausweich-Flughafen wählen können, aber solange sie sich in Reisehöhe befanden, bestand dazu kein Anlass. Der Sinkflug würde unangenehm, das aber hier wie da.

Und ihr Copilot wurde auch unangenehm ängstlich. Aber es hatte jetzt keinen Sinn, ihn hart anzupacken. Was auch immer er von seiner fliegerischen Familientradition mitbekommen hatte, mit der er sich diesem Morgen noch so gebrüstet hatte, geflügelte Gene gehörten offensichtlich nicht dazu. Bevor sich seine Flugangst in Panik verwandelte, musste sie ihn sachte beruhigen.

»Was werden Sie denn machen, wenn Sie heute nach Hause kommen? Haben Sie schon Ihren Weihnachtsbaum geschmückt?«, fragte sie Thomas also mit beiläufiger Stimme.

»Ich? Wie?«

»Es ist Heiligabend, Thomas. Sie werden doch sicher nicht alleine vor dem Fernseher sitzen und sich die Weihnachtspredigt anhören, oder? Warten denn nicht Freunde und Familie auf Sie?«

»Daran kann ich jetzt nicht denken.«

»Sollten Sie aber! Wir haben noch gut zwanzig Minuten bis zur Landung. Erzählen Sie mir etwas darüber, wie Sie die Feiertage verbringen.«

»Ich weiß nicht.«

»Haben Sie denn gar nichts geplant? Ich jedenfalls werde morgen mit Freunden ein Büffet zusammenstellen. Sie wissen schon, jeder bringt etwas Besonderes mit. Und für meinen ungnädigen Kater werde ich eigenhändig ein Stückchen Lachs in Butter dünsten. Auch wenn er es ja nicht zugibt, den verspeist er besonders gerne.«

»Wäre es nicht besser, Sie würden sich auf das Fliegen konzentrieren?«

»Thomas, wir haben keinen Notfall. Entspannen Sie sich endlich! Es wird gleich etwas ruckelig, wenn wir nach unten gehen, und ich werde mir auch wieder ein paar dumme Kommentare einfangen, aber ich habe mir schon überlegt, was ich dann erwidere.«

Amita lächelte leicht bei dem Gedanken, wie überrascht Remo wohl sein würde, wenn sie statt ihrer knochentrockenen, überkorrekten Angaben ihm mal die Zähne zeigte und ihn einen Flug-Platzhirsch nannte.

»Könnten Sie bitte still sein!«, presste ihr Copilot hervor.

Kopfschüttelnd schwieg Amita. Das war nicht normal. Der Junge war blass und hatte Schweißperlen auf der Stirn. Sie prüfte ihre Position. Gleich würde sie mit dem Sinkflug beginnen.

Doch dann kam der Knall.

Die Maschine ruckte, zog zur Seite. Amita griff zur Steuerung. Ein kurzer Blick, und auch ihr wurde etwas mulmig.

»Geben Sie den Luftnotfall durch! Das zweite Triebwerk ist ausgefallen.«

Doch Thomas starrte nur mit glasigen Augen auf die Instrumente.

Verdammt, auch der Co war ausgefallen.

Eine weitere Anzeige zeigte einen Druckabfall in der Kabine.

Irgendwas musste die Flugzeughaut durchschlagen haben.

Hoffentlich kein großes Leck.

Sie griff zur Sauerstoffmaske. Dann atmete sie tief durch. Segelfliegen war ja auch ein schönes Hobby, dachte sie mit bitterem Humor und machte sich daran, die Maschine abzufangen und in eine ruhige Lage zu bringen. Anschließend gab sie ihre Meldung an die Flugsicherung.

»Wir müssten es bis zum Ziel-Flughafen schaffen«, sagte sie ruhig zur Flugüberwachung und gab Passagieranzahl und Treibstoffmenge durch. Man würde ihr Priorität einräumen und so viel Unterstützung geben, wie sie brauchte. Aber eines musste sie nun doch tun – die Fluggäste in Kenntnis setzen. Der Knall und der Druckabfall waren nicht unbemerkt geblieben.

Sie rief Eva ins Cockpit, die die Kabinencrew informieren musste.

»Was ist passiert?«

»Beide Turbinen ausgefallen. Leichter Druckabfall. Ist irgendwo ein Leck zu sehen?«

Amita drehte sich nicht um, sondern behielt die Instrumente im Blick.

»Keine sichtbare Beschädigung. Aber die Masken sind heruntergekommen.«

»Panik?«

»Unruhe. Die Leute fragen.«

»Ich gebe gleich eine Information durch. Keine Angst, es wird nur ein unruhiger Segelflug. Andere

Maschinen haben weit größere Strecken ohne Antrieb zurückgelegt. Funk und Hydraulik funktionieren.«

»Aber er nicht?«

Eva flüsterte nur.

»Schockstarre.«

»Soll ich unauffällig nach einem anderen Piloten fragen.«

»Wenn es einen gibt.«

16:11 Fliegerkind

Janina hatte von Eva einen Block und Buntstifte bekommen und sich mit großem Eifer daran gemacht, die eben gehörte Geschichte in ein Gemälde umzusetzen. Ein fliegender Teppich schwebte nun über einer bunt erleuchteten Skyline, Sterne funkelten am Himmel, und eine spitziger Viertelmond beleuchtete den Kapitän des fransenbesetzen Luftfahrzeugs. Mit heimlichem Vergnügen stellte sie fest, dass die Katze wirklich dem schwarzgrau getupften Shardul ähnlich sah. Jetzt musste der Hintergrund noch ein paar Wölkchen bekommen und dann dunkelblau ausgemalt werden. Sie wählte gerade einen Stift aus, als ein Knall ertönte und das Flugzeug dermaßen ruckte, dass ihre Stifte zu Boden fielen.

Herr Andersen auf dem Sitz am Gang neben ihr sah sie schreckensblass an.

»Schon gut, Herr Andersen. Mein roter Stift ist bei ihnen zwischen den Füßen gelandet. Geben Sie mir den bitte.«

Er beugte sich vor und hob ihn auf.

»Sie brauchen keine Angst zu haben. Amita macht das schon.«

»Du hast großes Vertrauen zu der Pilotin, was?«

»Ja. Mein Papa hat auch gesagt, sie ist eine der Besten. Und er muss das wissen, er sitzt im Tower. Und er hilft ihr bestimmt, wenn was schiefgeht.«

»Du bist ein richtiges Fliegerkind.«

Janina sah ihn an. Herr Andersen war noch immer blass und zitterig. Sie nahm seine Hand und streichelte sie.

»Ich werde auch später mal Pilotin. Wissen Sie, ich muss mit dem Bus zur Schule fahren, und was meinen Sie, wie oft der schon eine Panne hatte oder irgendwo gegen gedotzt ist oder die Türen klemmten und alles. Das passiert beim Fliegen nie.«

»Aber der Knall …?«

Wieder geriet das Flugzeug in eine wilde Turbulenz, und alle Blätter und Buntstifte flogen durcheinander.

»Och, schade, mein schönes Bild ist weggerutscht.«

In dem Augenblick fielen die Sauerstoffmasken herab. Ein entsetztes Raunen ging durch die Kabine. Janina angelte sich die Maske, drückte sie sich auf das Gesicht und legte das Gummiband um ihren Kopf. Ihr

Nachbar hingegen starrte gelähmt vor Angst die seine an.

»Aufsetzen!«, sagte sie, und es hörte sich komisch an. Darum machte sie den Gurt los und beugte sich vor, um ihm die Maske über Nase und Mund zu halten. Eva kam von hinten, drückte sie wieder in ihren Sitz.

»Anschnallen, Janina.«

Dann half sie Herrn Andersen.

»Wir haben einen Druckverlust. Aber wir befinden uns bereits im Sinkflug, die Masken werden gleich nicht mehr notwendig sein«, erklärte die Stewardess.

Dann verschwand Eva im Cockpit. Janina stellte fest, dass auch sie etwas besorgt aussah. Und noch besorgter, als sie kurz darauf zurückkam. Sie zupfte ihr an der Jacke, als sie ihren Platz erreichte.

»Ist was passiert?«, flüsterte sie.

»Nichts von Bedeutung, Janina. Aber wir haben mit weiteren Turbulenzen zu rechnen. Die Wolken sind heute wie Kopfsteinpflaster.«

»Oh, na gut.«

Aber Janina wusste, dass die Stewardess gelogen hatte. Es lag nicht nur an den Wolken. Und die anderen Passagiere ahnten es wohl auch. Es gab zwar keine entsetzen Äußerungen, aber die Angst lag geradezu fassbar über den Sitzen.

Und dann machte Amita ihre Durchsage. Ein kleiner Fehler sei aufgetreten, man möchte bitte angeschnallt bleiben und sich auf einen etwas unruhigen Sinkflug einstellen.

Eva hatte gelogen. Ein kleiner Fehler – das sagte Amita immer, wenn etwas schiefgegangen war. Und zwar richtig schiefgegangen – so wie damals, als die Spülmaschine übergeschnappt war und ohne Wasser das ganze schmutzige Geschirr aufgeheizt hatte. Sie hatte nicht geschimpft, sie war ganz ruhig geblieben, hatte die heißen Töpfe und Teller ausgeräumt und in die Spüle gestellt. Am Telefon hatte sie dann dem Kundendienst gesagt, ein kleiner Fehler sei aufgetreten.

Stundenlang hatte sie ihr geholfen, die eingebrannten Essensreste abzuschrubben und zu scheuern.

Janina drehte sich nach Eva um. Die hatte eine Liste in der Hand und musterte die Passagiere. Dann fragte sie den Flugbegleiter etwas, und der schüttelte den Kopf.

Manchmal brauchte man einen Arzt, das wusste Janina auch. Dann fragte man bei den Passagieren nach.

Aber das konnte hier nicht der Fall sein. Der Knall musste eine Bedeutung gehabt haben. Sie beobachtete die Crew, die keine Masken trug, und nahm ihre auch ab. Nein, Sauerstoffmasken brauchte man nicht mehr, aber das Anschnallzeichen war eingeschaltet. Und die Flugbegleiter gingen herum, sammelten eilig Becher und Dosen ein und klappten die Tische hoch.

Aber es fehlte etwas.

Es fehlte ein Geräusch.

Das gedämpfte Dröhnen der Triebwerke hatte ausgesetzt.

Janinas Magen wurde zu einer harten, kleinen Kugel.

Als Eva wieder an ihrem Sitz ankam sagte sie leise: »Was ist wirklich los, Eva? Bitte – ich bin nicht doof, ja?«

»Nein, das bist du nicht.«

Die Stewardess setzte sich neben sie und sagte sehr, sehr leise: »Der Co ist ausgefallen. Und es gibt Probleme mit den Turbinen. Aber Kapitän Rosenhag wird uns sicher zum Flughafen bringen.«

»Die Triebwerke hört man nicht mehr.«

Eva seufzte.

»Du bist bei weitem zu klug, Janina. Ja, wir befinden uns im Segelflug. Aber auch das ist kein ganz großes Problem. Nur die Landung wird härter.«

»Darf ich zu Amita ins Cockpit?«

»Nein, Janina. Sie hat alle Hände voll zu tun.«

»Ich könnte ihr helfen.«

Trotz ihrer angestrengten Miene musste Eva lächeln.

»Vermutlich könntest du es. Aber überlass es ihr trotzdem. Sie weiß schon, was zu tun ist.«

»Sie haben eben nachgeschaut, ob ein anderer Pilot an Bord ist, richtig?«

Eva hob resigniert die Schultern.

»Viel zu schlau für uns. Ja, doch es gibt keinen. Aber die Fluglotsen helfen ihr.«

»Mein Vater sitzt im Tower. Aber er übernimmt uns erst, wenn sie landet.«

Eva hob mit einer kleinen, entsetzten Geste die Hand vor den Mund.

Heiser fügte Janina hinzu: »Er wird sich Sorgen machen.«

16.12 Im Tower

Remo machte sich Sorgen. Zwar hatte es in den letzten fünf Minuten keine weiteren Meldungen gegeben, aber es saß ihm ein ungutes Gefühl im Nacken, so dass sich die Härchen dort sträubten.

Die Kollegin telefonierte wieder mit der Flugsicherung und machte dann einige Eingaben am Terminal. Dann sagte sie mit ruhiger Stimme: »Leute, ich löse Alarm für die Landebahn eins aus.« Ein leiser Gong erklang, und nüchtern gab sie durch: »Achtung hier spricht der Tower, möglicher Unfall auf der … Südbahn, A320 mit Triebwerksproblemen, erwartete Landung in circa fünfzehn Minuten.« Gleich darauf hörte Remo, wie sich alle in solchen Fällen alarmierten Stellen meldeten.

»Verkehrsleiter am Funk.«

»Flughafen-Feuerwehr am Funk.«

»Medizinischer Dienst hört.«

»Vorfeldkontrolle hört.«

Seine Kollegin gab nochmals alle wichtigen Daten an die Einsatzkräfte weiter. Sie würden in kürzester Zeit an ihren vorgesehenen Positionen bereitstehen.

»Was ist passiert?«

»Beide Triebwerke ausgefallen. Es hat einen Druckabfall gegeben. Sie sinken rasch.«

Remo schwieg. Seine Gedanken rasten.

Draußen wirbelten die Schneeflocken heftiger.

Eine Landung bei schlechter Sicht, Böen und ohne Umkehrschub – das konnte selbst für einen routinierten Piloten als Herausforderung gelten.

Seine Tochter war an Bord.

Gott, hoffentlich konnten sie die Panik unter den Passagieren im Griff behalten.

Die Anspannung im Tower war um einige Grade gestiegen. Es gab viel zu koordinieren. Alle anderen Maschinen würden die Lotsen in Warteschleifen schicken.

Janina war an Bord.

Die Gefahr, dass die Maschine zu hart aufschlug, lag im Bereich des Möglichen. Und selbst, wenn sie aufsetzte, bestand die Gefahr, dass durch das harte Bremsen das Fahrwerk Feuer fing.

Janina und Amita waren an Bord.

Mit ihnen fast einhundert andere Passagiere.

Er war egoistisch – Janina und Amita berührten ihn mehr als die anderen.

Irgendwann in den letzten Wochen war da etwas geschehen. Irgendwann war aus dem Necken, der Neugier und der Bewunderung für eine schöne Frau etwas Tieferes entstanden. Fast als hätte sich so etwas wie ein hauchfeines Fädchen zwischen ihnen gesponnen.

Seine Kollegin kümmerte sich weiter um ankommende und abfliegende Maschinen, gelassen, konzentriert. So würde er auch handeln, wenn er im Dienst gewesen wäre. Aber er hatte Feierabend, er durfte sich seine Gefühle eingestehen.

Und das größte davon war Hilflosigkeit.

Sie waren irgendwo da oben über der Wolkendecke, vielleicht noch einhundert oder achtzig Kilometer entfernt. Er konnte nichts tun, um ihnen zu helfen.

Er konnte sich noch nicht einmal in den Funkverkehr einmischen.

Die Kehle wurde ihm eng, als er sich vorstellte, dass es ein Abschied sein könnte.

»Bunny-Flight, bring sie sicher runter«, flüsterte er.

»Runter kommen sie immer«, sagte jemand neben ihm.

Es wäre ihm fast die Faust ausgerutscht.

16:13 Riesengroße Probleme

Amita rief Eva wieder zu sich ins Cockpit. Ihren Copiloten, der noch immer mit Sauerstoffmaske die Checklisten umklammert hielt, ignorierte sie völlig.

»Wie ist die Lage?«

»Besorgt. Aber keine Panik. Zumindest keine hörbare.«

»Gut. Aber es wird hart, Eva. Gib denjenigen, die an den Notausgängen sitzen, die Sicherheitsinstruktionen für den Ausstieg.«

»Ja, natürlich.«

»Kein anderer Pilot an Bord?«

»Nicht in der Passagierliste erkennbar. Und herumfragen wollte ich nicht. Aber die Kleine, die Janina, hat die Situation glasklar erkannt. Sie lässt sich nichts vormachen.«

»Ich weiß, sie hat mir schon immer Löcher in den Bauch gefragt. Wie hält sie sich?«

»Cool. Sie beruhigt ihren Gangnachbarn, der Flugangst hat.«

Amita seufzte.

»Lieber sie als Co als den da«, sagte sie leise.

»Sie wollte ins Cockpit.«

»Natürlich.«

»Ich wusste nicht, dass ihr Vater im Tower sitzt. Es muss für ihn die Hölle sein.«

»Hol sie her, Eva. Ganz gleich, was passiert – ich mag diesen Mädchen.«

»Ja, verstehe. Wie sind ihre Chancen …?«

»Wir haben alle Chancen. Und nun geben Sie den Passagieren ihre Verhaltensanweisungen.«

Auch die Stewardess hielt sich gut, aber Amitas Blick auf die Instrumente begann ebenfalls sorgenvoll zu werden. Sie sanken zu schnell.

Ich starrte Meena an.

»Du meinst …«

»Ja, ich meine. Aber nur, Shardul, wenn du wirklich dein Wort hältst.«

Ich wand mich innerlich. Ich wollte nicht. Oder ich wollte doch? War es denn wirklich so schlimm?

Meena saß noch immer neben ihm auf der Kommode. Sie vibrierte leicht, so dass sie etwas unscharf wirkte. Vielleicht war es ein Geisterschnurren?

»Shardul, sie hat dir das Leben gerettet.«

»Hat sie nicht …« Doch, hatte sie.

Hatte sie, denn in dieser furchtbaren Halle wäre er umgekommen, langsam aber sicher. Oder man hätte ihn getötet, wie Ungeziefer.

Wieder zuckte mein Fell, vom Nacken angefangen bis zum Schwanz.

»Ich geh raus und probiere es.«

»Danke«, flüsterte Meena. »Denk an den Silberfaden und an sie. Und nicht mehr den Teppich verprügeln. Der kann nichts dafür. Der ist nur ein Transportmittel. Für das eine oder andere. Denk an Amita, dann wirkt das Wort, dann wirst du sie finden.«

Ich nickte und sprang aus dem Zimmer, durchquerte den Wohnraum und ließ die Katzenklappe hinter mir zuscheppern.

Auf der Terrasse hatte sich matschiger Schnee angesammelt, ein nasskalter Wind wehte mich an. Ich schlitterte zur Brüstung. Kam gerade noch zum Halten. Trotzdem näherte ich mich diesmal dem Teppich mit gebührender Achtung. Ich schnupperte und schnüffelte, bis ich vermeinte, den silbernen Faden erspürt zu haben. Ganz dicht hielt ich meine Nase an diese Stelle, und dann konzentrierte ich mich auf Amita.

Ihr Duft fiel mir als Erstes ein. Für einen Kater ist der Duft eines weiblichen Wesens sehr wichtig. Und – ja, ich gab es mir gegenüber selber zu – sie roch gut. Ein bisschen nach Heimat, nach Gewürzen, warm und traulich, aber auch nach Blüten im Sommerwind. Und dann fiel mir die Sahne ein. Mhmmm. Sie hatte gemerkt, dass ich die mochte. Und in Butter gedünsteten Lachs. Und kleine Häppchen geräucherte Putenbrust. Und cremigen Käse.

Ja, sie hatte alles das für mich bereitgehalten – neben dem ganz normalen Futter.

Und dann – heilige Bastet, nun gut, ich gebe es zu. Manchmal, wenn sie tief schlummerte, war ich zu ihr ins Bett gehüpft. Wo es warm und kuschelig war. Schön geträumt hatte ich da an ihrer Seite. Fehlte mir so, ein Rudelgefährte, an den man sich schmiegen konnte.

Plötzlich wurde die Sehnsucht in mir unermesslich groß.

Sie war in Gefahr.

Ich musste ihr helfen.

Ich konnte ihr helfen.

Ich setzte mich auf und sprach die magischen Worte.

Remo packte die kalte Angst. Unten auf dem Flugfeld sah er das blaue Flackern der Rettungsfahrzeuge, die Richtung Landebahn rasten. Alarm herrschte auf dem gesamten Gelände. Er hört der Controllerin zu.

»Sie sinkt ziemlich schnell«, sagte sie, und auch über ihrer Nasenwurzel hatte sich eine kleine Falte gebildet. »Es ist ein Druckverlust aufgetreten.«

»Kann sie es noch schaffen?«

»Ehrlich gesagt, der Wind … Es wird wohl verdammt knapp.«

»Über der Stadt … O Gott!«

»Von wo kommt sie rein?«

»Über Potsdam.«

16:15 Uhr

Janina hatte die Sauerstoffmaske abgelegt. Man konnte ganz normal atmen. Aber sie hielt noch immer die schweißnasse Hand von Herrn Andersen, der sich so sehr vor dem Fliegen fürchtete, dass er ganz blass geworden war und blaue Lippen hatte. Sie plapperte auf ihn unablässig ein. Über ihre Weihnachtsgeschenke für ihren Vater und Amita und die Häkelmaus für Shardul. Aber sie bemerkte auch, dass der Flugbegleiter leise auf die Passagiere an den Notausgängen einredete.

Es war also ernst.

»Janina, komm mit«, flüsterte Eva neben ihr.

Sacht löste sie die Hand aus der des Mannes und streichelte seine Schulter.

»Das wird schon, Herr Andersen. Ganz bestimmt«, munterte sie ihn noch mal auf. In ihren vielen Gesprächen über das Fliegen hatte sie gelernt, dass man immer zuversichtlich sein sollte.

Aber sie war es jetzt auch nur noch ein klitzekleines bisschen.

Eva machte die Tür zum Cockpit auf.

»Janina ist hier.«

»Setzt dich, Janina, hinter mir auf den dritten Sitz. Eva hilft dir beim Anschnallen.«

Das war etwas komplizierter als auf den Passagiersitzen, und Janina war dankbar für Evas Hilfe.

»Weiß Papa es schon?«, fragte sie, und es klang seltsam heiser.

»Er weiß es, und sie werden alles bereit machen für unsere Landung.«

Janina sah aus dem Fenster, Hier vorne im Cockpit sah es ganz anders aus als durch die kleinen Seitenfenster.

»Man sieht nicht viel«, sagte sie, und wieder klang es heiser.

»Nein, wir befinden uns in der Wolkendecke. Das ist wie dichter Nebel.«

Das Flugzeug sackte abrupt ab.

Janina schnappte nach Luft.

Und dann sah sie, dass auch Amitas Fingerknöchel weiß waren.

Die Wolken verzogen sich, unter ihnen Lichter.

»Das ist nicht der Flughafen«, wisperte Janina.

»Nein, wir sinken zu schnell.«

Der Fluglotse meldete sich wieder.

»Nein, die Landebahn schaffen wir nicht. Ich versuche, auf dem Wannsee zu wassern«, gab Amita mit beherrschter Stimme durch.

Ich kreischte: »Sesam erhebe dich!«

Der Teppich zuckte, ein Zipfel hob ab. Dann die ganze Breitseite. Gerade noch konnte ich meine Tatzen in die Fransen krallen, schon ging es los. Mühsam krabbelte ich hinauf, versuchte eine Stelle in der Mitte zu finden, so dass mein Gewicht den Teppich nicht zu sehr neigte. Mann, hatte der einen Zahn drauf!

Schneeflocken fegten mir um die Ohren. Ich machte mich platt, klammerte mich mit allen vier Pfoten in dem Gewebe fest.

Ja, es war Fliegen. Und nein, es war kein Genuss. Unter mir Straßen, beleuchtet, leer. Rauch aus Kaminen, ein paar rote Rücklichter. Wohin?

Ich spürte unter meinem Bauch ein feines Vibrieren. Das musste der Silberfaden sein.

Amita.

An sie sollte ich denken. Dann fand er seinen Weg.

Ich dachte an sie. An ihre grünen Katzenaugen, die mich oft so sehnsuchtsvoll angesehen hatten. An ihre Stimme, mit der sie so zärtlich schnurren konnte. An ihre Wärme.

Der Teppich ging in eine steile Kurve, schoss nach oben.

Irgendwo rauschte es in der Luft wie von einem gewaltigen Vogel.

16:20 Uhr

»Wannsee!«, sagte die Controllerin.

Remo sagte gar nichts. Er rannte los. Ihm war heiß und kalt gleichzeitig. Der Aufzug war elend langsam. Endlich unten stürmte er nach draußen.

Wollte zu seinem Wagen im Parkhaus.

Ein Rettungswagen rollte an ihm vorbei. Er sprang ihm in den Weg. Winkte.

Der Fahrer hielt, brüllte ihn an.

»Nehmt mich mit!«

»Hau ab!«

»Im Flugzeug – mein Kind, meine Frau, die Pilotin.«

»Steig ein.«

Er erklomm den Rücksitz.

Blaulicht zuckte, die Sirene heulte.

Schneeflocken huschten im Scheinwerferlicht vor ihnen zur Seite.

Genau wie die anderen Fahrzeuge.

Die Autobahn – fast leer. Er war Heiligabend.

Gott, so unheilig wie dieser war noch nie ein Abend gewesen.

Das Funkgerät rauschte.

Vor ihnen bog ein weiteres Rettungsfahrzeug auf die Autobahn.

Remo drückte die Faust an seinen Mund.

16:25 Uhr

Amita war kalt vor Angst. Doch um Janinas Willen versuchte sie, äußerlich ihren Gleichmut zu bewahren. Thomas war zu nichts mehr zu gebrauchen.

Nebel, Schneegestöber – keine Sicht.

Irgendwo da unten war die Havel. Flach, sich zu Seen verbreiternd. Oft genug hatte sie ihn dort liegen sehen, ein vertrautes Bild der Heimkehr.

Gott, wo war der Wannsee?

Sie sanken stetig.

Es gab kaum Hoffnung mehr.

»Bete, Janina!«, flüstert sie.

»Mita, da!«

»Was?«

»Der rote Teppich!«

Janina schien zu halluzinieren. Warum auch nicht? Sie selbst war auch nahe daran. Verzweifelt versuchte sie, die Maschine auf Höhe zu halten. Aber sie sanken schneller.

»Mita, er hilft uns.«

»Wer, Kind?« Sie klang erschöpft.

»Da vor uns. Shardul.«

Sie hatten keine Chance mehr. Die Sicht war zu schlecht. Das Schneegestöber hatte noch zugenommen. Sie würden aufprallen. Das Flugzeug zerbrechen. Ein Flammeninferno …

Es waren ihre letzten Minuten.

»Mita, hör doch! Er hilft uns.«

Es gab nichts anderes mehr. Also hört sie auf das Kind. Das Kind, das sie liebte, die Tochter des Mannes, den sie mochte, wie sie sich vorhin eingestanden hatte.

»Schw… Schwanz … Schwanz rechts.«

Sie trimmte das Flugzeug.

»Nase … Nase ein bisschen hoch.«

Was immer es half, sie zog die Flugzeugnase hoch.

»Ohren nach vorne!«

Irrsinn. Jetzt sah sie ihren Kater vor sich, die großen Ohren aufgerichtet und nach vorne gedreht.

Landeklappen raus.

»Schwanz links, links, links!«

Sie halluzinierte auch.

Vor der Frontscheibe flog auf ihrem roten Teppich – Shardul.

Hob die Nase.

»Nase hoch, hoch, hoch!«, schrie Janina.

»Höher geht's nicht.«

»Schwanz links! Jetzt grade!«

16:33 Uhr

Heulend bogen die Rettungswagen auf die Straße zum Wannsee.

Remo hörte die Meldungen im Funk.

»Wir haben sie gesichtet.«

»Kommen von Westen rein.«

»Zu niedrig!«

Sie bremsten, Remo sprang aus dem Wagen.

Über ihm schwebte die Maschine lautlos ein. Ein dunkler Schemen im Schneegestöber – es war gespenstisch. Nur das Rauschen der Luft an den Tragflächen war zu hören.

»Himmel, die müssten hundert Meter weiter nach links!«, stöhnte der Fahrer.

Jemand betete.

Das Flugzeug machte eine kleine Wendung. Es sah wahrhaftig aus, als würden sie die Mitte des Sees treffen.

»Die müssen unsere Gebete gehört haben«, flüsterte ein Feuerwehrmann.

»Wasser!« quiekte Janina.

Blaulicht. Überall Blaulicht.

Amita packte das Mikro.

»Fertig zum Aufprall! Brace for impact! Kopf runter. Runter! Alles runter!«

Dann zu Janina: »Kopf runter, festhalten.«

Es krachte und holperte furchtbar. Fontänen spritzten vor ihr auf.

Dann blieb die Welt stehen.

Amita stützte den Kopf in die Hände.

Eine Hand streichelte ihre Schulter.

»Hast du gut gemacht. Ich wusste doch, dass du das richtig machst.«

Sie straffte die Schultern.

»Dein Vertrauen ehrt mich«, sagte sie mit brüchiger Stimme. »So, und jetzt raus hier, Janina. Die Rutschbahnen dürften bereit sein.«

»Nee, ich bleib bei dir.«

Thomas schien aus seiner Panikstarre zu sich zu kommen und sah Janina mit offenem Mund an.

»Was … Wieso…? Was hat das Kind gemacht?«

»Wunder erkläre ich Ihnen nicht, Thomas. Betrachten Sie das Mädchen einfach als Weihnachtsengel«, beschied Amita ihn kurz und löste den Gurt. Dann half sie auch Janina vom Sitz und flüsterte ihr zu, dass sie über Shardul schweigen soll.

»Klar, glaubt einem ja keiner.«

»Thomas, raus hier!«

Der Copilot wankte aus dem Cockpit, Amita wollte Janina hinterherschieben, aber die weigerte sich noch mal. So standen sie beide an der Tür zur Kabine und sahen zu, wie die Passagiere einer nach dem andern über die Notrutschen ausstiegen und sich auf den Tragflächen versammelten. Noch schwamm das Flugzeug, einige Minuten würde es sich auch auf dem Wasser halten. Die ersten Rettungsboote knatterten vom Ufer los.

Ein Mann stand plötzlich neben Janina. Er beugte sich zu ihr hinunter und nahm feierlich ihre Hand, um ihr einen formvollendeten Handkuss darauf zu hauchen.

»Huch. Herr Andersen, das müssen sie bei Kapitän Amita machen.«

»Ich habe weder Gesten noch Worte dafür, Frau Kapitän. Aber wenn diese junge Dame mir nicht das Vertrauen in Sie gegeben hätte, wäre ich vermutlich schlicht vor Panik gestorben. Mein Herz ist nämlich solchen Belastungen eigentlich nicht gewachsen.«

»Gehen Sie bitte! Halten Sie die Evakuierung nicht auf!«, sagte Amita mit einem zittrigen Lächeln.

Eva geleitete die letzten Passagiere zur Tür.

»Komm, Janina, es wird Zeit für dich.«

»Nein, ich bleibe, bis Amita geht.«

»Die geht zuletzt, Janina. Sie ist der Kapitän.«

»Dann bin ich eben auch Pilot und bleibe bei ihr.«

Eva schüttelte den Kopf und trat hinter einem jungen Mann aus der Tür.

Amita nahm Janinas Hand und folgte ihr.

Eine Fähre bahnte sich den Weg zum Flugzeug, ein halbes Dutzend kleinerer Rettungsboote rasten bereits mit den ersten Passagieren zum Ufer, den blinkenden Lichtern entgegen. Besatzungen der anderen halfen den Leuten von den Tragflächen, über die das eisige Wasser schwappte.

Sie war runtergekommen. Genau so wie ich es ihr gezeigt hatte. Mochte die große Bastet wissen, woher der Teppich und ich wussten, was zu tun war.

Aber damit war meine Glückssträhne auch schon vorbei.

Ein Riesenschwapp Wasser war über mich gekommen, als der große Vogel mit einem Krachen aufsetzte und durch den See pflügte. Er hatte mir den Teppich unter dem Hintern weggespült. Jetzt paddelte ich also hier in dem fiesen, kalten Wasser herum und machte meinen Frieden mit der Welt. Lange würde ich mich nämlich nicht mehr bewegen können, und alle Hilfeschreie gingen in dem wilden Gewühle von Booten und Wellen unter.

Ach – musste das jetzt so kommen?

Gerade jetzt, wo dieses kleine Fädchen angefangen hatte, sich an Amita zu heften.

Warum hatte ich nicht früher darauf geachtet?

Jetzt würde sie wieder der Verlust schmerzen. Und mich auch.

Kein einziges Schnurrhaar hätte sie von mir, um es in die Vase zu tun, so dass ich mich zu Meena gesellen könnte, um über sie zu wachen.

Und der Teppich war auch untergegangen. Nicht einmal den würde sie zur Erinnerung haben.

Flehentlich sah ich zu der großen Maschine auf, die da wie ein gestrandeter Fisch im Wasser lag.

Dort auf dem Flügel stand sie. Und Janina hatte sie an der Hand. Mit meinen unterkühlten Pfoten versuchte ich, etwas näher an sie heranzustrampeln, aber meine Kräfte wollten versagen.

Der Silberfaden. Ich dachte an ihn und spann ihn mit all meinem letzten Willen hin zu Amita.

Verzeih, Amita, ich war so ein Dummkopf. Leb wohl, meine Freundin.

Silberfädchen

Neben Amita stand Janina und klapperte mit den Zähnen. Ihren Mantel hatte sie nicht mitnehmen können. Doch gerade legte ihr der Mann, der sich so liebevoll bedankt hatte, sein Jackett um die Schultern. Amita schlang die Arme fest um sich. Nicht nur die kalten Flocken und der Wind, auch die überstandene Strapaze machten sich jetzt bemerkbar. Sie fühlte sich seltsam abgehoben und unwirklich.

Sicher würde eines der Boote sie bald an Land bringen. Sie sah sich um. Es schien niemand zu Schaden gekommen zu sein. Panik hatte es auch nicht gegeben, und selbst die Rettungsaktion verlief weitgehend undramatisch. Die Fähre war eingetroffen, und viele Hände halfen den Leuten an Bord.

So ganz langsam konnte sie wieder denken. Es war verrückt, was sie da kurz vor der Notwasserung gesehen hatte. Nie hätte sie im Ernst angenommen, dass ein Teppich fliegen konnte. Und schon gar nicht mit einem Kater drauf. Ihr Hirn musste ihr in diesen Sekunden, in denen sie ihr Leben hatte zu Ende gehen sehen, ein Wahnbild vorgegaukelt haben. Eines, das sich mit ihren fliegerischen Instinkten verbunden hatte und ihr – dem Himmel sei Dank – die richtigen Handlungen eingegeben hatte.

Shardul – an ihren ungeselligen Kater hatte sie gedacht.

Verrückt.

Eine einsame Lampe an der Notrutsche brannte und warf einen langen, silbrigen Streif über das dunkle Wasser. Amita folgte ihm erschöpft und ausgelaugt. Doch plötzlich merkte sie auf, ihr Blick fokussierte sich wieder. Irgendwas bewegte sich da. Ein Mensch? Nein, zu klein. Ein Fisch konnte es auch nicht sein. Hatte jemand ein Haustier an Bord gehabt?

Ein leises Ziehen regte sich in ihrem Herzen. Sie beugte sich vor, um besser sehen zu können.

»Mita, siehst du das?« Janina zupfte an ihrem Ärmel.

»Ja. Das ist …«

Im Schein der Lampe glühten zwei Augen auf. Das ersterbende Maunzen klang an ihr Ohr, dann versank der spitzohrige Kopf.

Amita sprang.

Das eisige Wasser raubte ihr fast den Atem.

Schreie wurden hinter ihr laut.

Sie zwang sich zu einigen Schwimmbewegungen. Dann hatte sie die Stelle erreicht, wo ein dunkles Bündel im Wasser lag. Sie packte zu. Spürte nasses Fell zwischen den Fingern. Zog es zu sich.

Schlaff, kalt – eine Katze.

Unglaublich.

Sie drückte das Tier mit einer Hand an sich und schwamm mit drei Zügen zurück. Man griff nach ihr. Sie kletterte auf die Tragfläche zurück, drückte Janina den nassen Pelz in den Arm. Die öffnete, ohne zu fragen, das viel zu weite Jackett und barg das Geschöpf darunter an ihrer Brust.

»Sind Sie wahnsinnig geworden?«, herrschte jemand sie an.

»Scheint so.«

»Lasst sie in Ruhe. Es hätte ein Mensch sein können.«

»Kommen Sie, Frau Kapitän. Sie holen sich den Tod, nass wie Sie sind!«

Eva schubste sie zu dem nächsten Rettungsboot. Janina stieg nach ihr ein, die Arme fest um die ausgebeulte Jacke geschlungen.

»Er zappelt ein bisschen«, sagte sie leise.

Meine Sinne kehrten zurück, gezogen an einem silbernen Fädchen. Ich war nicht mehr im Wasser. Es war nicht mehr kalt. Aber es war dunkel, und ich fühlte ein Herz pochen. Schnell und aufgeregt. Ich wurde fest an einen warmen Körper gedrückt, und meine Pfoten zuckten leicht.

Weitere Sinne nahmen wieder ihren Dienst auf. Es roch komisch. Unbekannt. Nach Mann, nach

Angstschweiß. Wo war ich? Wer war dieser Mensch, der mich an sich gepresst hielt? Der sich jetzt heftig bewegte. Warum schaukelt das schon wieder so?

Mein Gehör schien sich auch wieder einzufinden. Zu gerne hätte ich meinen Kopf heftig geschüttelt, um das Wasser aus meinen Ohren zu bekommen. Aber dazu war es zu eng. Gedämpft hörte ich allerlei Laute. Laute Laute! Die immer lauter wurden. Geheul, Gejaule, Gehupe.

Aber dann eine Stimme. Ganz nahe.

»Ruhig, Kleiner. Gleich haben wir es geschafft.«

Noch waren meine Ohren halb taub, aber die Stimme kannte ich.

Ich zappelte ein bisschen, um von dem Druck auf meinem Rücken wegzukommen. Denn auch meine Augen wollten wieder ihre Arbeit aufnehmen. Hell war es oben. Oben war richtig, mein Gleichgewichtsinn war auch wieder da. Ich bekam die Nase aus dem Stoff.

Und von meinem Herz fiel ein Wackerstein.

Janina.

Und dann drehte ich den Kopf – das ging auch wieder.

Mein Herz flog.

Es flog zu ihr hin, und der Silberfaden knüpfte sich fest.

»Amita«, maunzte ich.

Eine Hand näherte sich mir. Eine kalte, feuchte Hand. Und sie strich mir über den Kopf.

Amita.

Ich schmiegte mich in die Hand und schnurrte mit allem, was mein klammer Leib hergab.

Remo wäre am liebsten mit in die Rettungsboote gesprungen, sah aber ein, dass das völlig unsinnig war. Jeder freie Platz gehörte den Passagieren. Beinahe hundert waren im dem Flugzeug gewesen, die kleinen Boote, fast ein Dutzend, wimmelten um die gestrandete Maschine, konnten nicht allzu viele Personen aufnehmen. Dennoch, die Tragflächen, hell angestrahlt von starken Scheinwerfern, leerten sich allmählich. Sanitäter nahmen die Frauen, Kinder und Männer im Empfang, Decken wurden um sie gewickelt, mit Sirenengeheul rasten einige Krankenwagen los.

Wie sollte er in dem Gewimmel Janina finden?

Wie Amita?

Sie würde, wenn sie nicht verletzt war, als Letzte evakuiert werden. So war sie vermutlich.

Dann erkannte er den Copiloten.

Er eilte auf ihn zu.

»Herr Wilhelmi, was ist mit dem Kapitän?«

Mit glasigen Augen sah der Mann ihn an. Er schien völlig verstört zu sein.

»Durchgeknallt. Total durchgeknallt!«, murmelte er und sackte zusammen.

Zwei Sanitäter fingen ihn auf.

»Das Letzte, Kerl, was dein Kapitän ist, ist durchgeknallt. Aber auf dich passt das!«, knurrte Remo.

»Da haben Sie recht, Herr«. Ein Mann, ebenfalls in eine Decke gehüllt, blieb bei ihm stehen. »Die Frau Kapitän und das Mädchen waren unglaublich. Sie kommen zuletzt – sehen Sie, da!«

»Das Mädchen ist meine Tochter«, sagte Remo leise, und vor Erleichterung erstarb ihm die Stimme.

»Meinen Glückwunsch. Sagen Sie mir bitte den Namen Ihrer Tochter? Ich kam nicht dazu, die junge Dame zu fragen.«

»Janina Schulze.

»Danke.«

Auch ihn führte ein Sanitäter weg.

Remo beobachtete, wie die letzten drei Menschen ein Boot bestiegen. Er lief zur Anlegestelle.

Janina war froh um das bisschen Wärme, das ihr der nasse Katzenkörper spendete, denn weder Jacke noch Decke konnten gegen das Zittern helfen. Eva und Amita neben ihr sahen genauso verfroren aus. Aber Eva streichelte ihr das Haar.

»Das ist so, wenn man einer schrecklichen Situation entkommen ist, Janina. Ich fühle mich auch ganz matschig.«

»Ja. Ich möchte nach Hause.« Ganz klein hörte sich ihre Stimme an.

»Du kommst gleich nach Hause. Aber wahrscheinlich wollen sie uns erst ins Krankenhaus fahren«, sagte Amita.

»Will ich aber nicht. Und Shardul auch nicht.«

»Nein, darum musst du hier irgendwie wegkommen. Ich wünschte, dein Vater …«

»Janina!«

An der Anlegestelle stand Remo und streckte die Arme zu ihr aus.

»Papa!«, schluchzte sie.

Amita half ihr aus dem Boot, stützte sie und schwankte selbst.

Dann lag sie in den Armen ihres Vaters.

»Janina!«

Ganz heiser klang es.

»Nicht so fest drücken, Papa. Ich hab Shardul unter der Decke. Er piekt mich und zappelt.«

»Wen?«

»Den Kater.«

»Ähm – Janina, geht es dir gut?«

»Ja, ja. Können wir nach Hause? Kannst du Amita auch nach Hause bringen? Sie ist ins Wasser gesprungen.«

Remo hatte Janina ein wenig losgelassen, aber noch immer die Arme um sie geschlungen. Das Mädchen war verständlicherweise völlig überdreht. Er ja auch.

Kater! Was für ein Unsinn!

Aber dann fiel sein Blick auf Amita, die schwankend aus dem Boot stieg. Eine andere Frau stützte sie. Zwei Sanitäter stürzten vor.

Er ließ Janina los und machte einen Schritt auf sie zu.

Sie sah ihn an. Zerzaust, mit nassen Haaren, zitternd in Decken gewickelt. Ihre grünen Augen riesig in dem bleichen Gesicht.

»A… Aufg…g…geschlagen, nicht g…gelandet«, stammelte sie.

Er zog sie an sich. Fester noch als seine Tochter.

»Gelandet, Captain Bunny. Weich wie eine Feder aus dem Flügel eines Engels.«

»War verdammt knapp«, flüsterte sie, vergraben an seine Schulter.

»Es war meisterhaft.«

Einen kleinen Moment lang hielt er sie, dann zupfte Janina an seinem Arm. Sie machte sich frei.

»Bring dein Kind heim, Remo.«

»Ich bringe euch beide heim.« Mit einer ungehaltenen Gebärde scheuchte er die Sanitäter fort. Die protestierten, aber er führte Frau und Kind unerbittlich durch das Gewimmel. Er fand den Rettungswagen, mit dem er hergekommen war.

»Ich hab sie«, sagte er zu dem Fahrer. »Helfen Sie uns.«

»Steigen Sie ein. Ins Krankenhaus.«

»Nein, nach Hause. Es ist nicht weit.«

»Hören Sie …«

»Du kannst doch Doktor Herzog an rufen, Papa. Der kommt doch immer, wenn was ist.«

»Richtig.« Er zog sein Handy aus der Tasche, und Amita sagte zu dem Fahrer: »Das Kind braucht seine gewohnte Umgebung. Sie hat nur einen Schock und eine leichte Unterkühlung.«

Janina nickte. Und dann sagte sie: »Sie ist die Pilotin, wissen Sie? Meinen Sie nicht, dass sie heute einen Wunsch frei hat.«

»Heute und jeden neuen Tag und noch ein paar Ewigkeiten länger. Wohin?«

Gerettet

Schon wieder Geheul und blaue Lichtblitze und Geschwanke und Geschaukel. Aber ich konnte es ertragen. Ja, ich ertrug es ohne Murren. War auch nur eine kurze Strecke, dann setzte man mich endlich ab. Janinas Wohnung.

Ich schüttelte mich erst einmal gründlich. Dann begann ich, mein klebriges, feuchtes Fell zu putzen. Musste das aber unterbrechen, weil plötzlich eine Schüssel mit lauwarmer Sahne vor mir stand. Als die leer war, war ich bereit, meine Begleiter wieder wahrzunehmen.

Amita war weg. Aber sie war nicht weit fort, das spürte ich mit diesem neuen Sinn, der mich mit ihr verband. Ein weiterer Mann war gekommen und brummelte beruhigend auf Janina ein.

»Ein paar Tage Ruhe, gutes Futter und Betreuung, das sollte schon ausreichen. Vielleicht bekommst du eine Erkältung, Mäuschen. Ich lass dir ein Rezept hier. Und wann immer du mich brauchst, ruf mich an.«

»Mach ich, Doktor Herzog. Gehen Sie bitte zu Amita hoch, sie war vorhin auch ganz wackelig.«

»Natürlich.«

Dann beugte er sich über mich und kraulte mich zwischen den Ohren.

Ups – wie kam der dazu?

»Deine Katze wird sich sicher auch um dich kümmern, Janina. Diese Tiere können das sehr gut.«

Janina nickte ernsthaft.

»Ja, können sie. Aber Shardul gehört Amita. Papa, bring ihn hoch zu ihr.«

Worauf der mir zuvorkommend die Tür öffnete. Ich war die Treppe schneller oben als die beiden Männer und maunzte schon vor der Wohnungstür.

Amita machte auf.

Zerrupft sah sie aus in ihrem dicken Morgenmantel. Und sie sah mich ungläubig an.

»Shardul?«

Dann kniete sie neben mir nieder.

Ich drückte meinen Kopf an ihren Arm.

»Ich bin so durcheinander«, murmelte sie.

Der Kinderarzt war mitfühlend, fand Amita. Sie ließ die Untersuchung über sich ergehen, dankte ihm für seine aufmunternden Worte und die Versicherung, dass sie sich körperlich in guter Verfassung befand, trotz des Sprungs ins eisige Wasser. Er empfahl heißen Tee und schrieb ihr seine Telefonnummer auf.

»Ich muss meine Vorgesetzten anrufen. Und die Fluggesellschaft, und …«

»Gewiss müssen Sie das. Aber nicht jetzt, Frau Rosenhag. Morgen werden Sie weit besser in der Lage sein, Bericht zu erstatten.«

»Aber …«

»Sie sollten den Abend nicht alleine verbringen, nicht wahr? Haben Sie Freunde oder Familie, die vorbeikommen können?«

Sie schnaubte leise: »Es ist Heiligabend.«

»Ganz genau. Und gerade deshalb. Freunde und Familie sollten gerade dann für einen da sein, wenn man ein erschütterndes Erlebnis hinter sich hat.«

»Meine Eltern in Kanada, meine Großmutter in Jaipur, mein Bruder in Rom – sie würden alle herbeieilen, wenn sie es wüssten.«

»Mhm – ich verstehe. Und ein Freund? Eine Freundin?«

»Bei ihren Verwandten, in ihren Familien, auf den Malediven, in Mailand, in der Schweiz.« Dann schüttelte sie den Kopf und versuchte, den gütigen Arzt anzulächeln. »Ich hab meinen Kater.«

»Immer ein Trost, ich weiß. Na gut, dann überlasse ich Sie seiner Obhut. Aber scheuen Sie sich nicht, mich anzurufen, wenn Sie glauben, Hilfe zu brauchen.«

»Danke. Gehen Sie nur. Ihre Familie wird Sie schon vermissen.«

»Meine Familie ist Kummer gewöhnt.«

Zu ihrer geistigen Verfassung sagte er nichts mehr – und sie erwähnte ihr ungewöhnliches Erlebnis auch nicht. Aber als er endlich gegangen war, setzte sie sich erschöpft auf ihr Sofa, zog eine Decke über sich und schloss die Augen.

Shardul.

Ausgerechnet Shardul! War es wirklich Shardul gewesen, den sie aus dem See gefischt hatte?

War das wirklich Shardul, der gerade auf ihren Bauch sprang, tretelte und sie dabei anschnurrte? Shardul, der Unnahbare?

Er tapste noch ein Stück höher und legte sich auf ihrer Brust zu einem Müffchen zurecht.

Shardul, der Abweisende?

Er brummelte nur lauter, als sie ihre Hand um sein Hinterteil legte.

Shardul, der Unwirsche?

War er es wirklich oder war er ein Produkt ihres überdrehten Hirns.

Wäre es Meena gewesen, sie wäre bereit, alles das, was geschehen war zu glauben. Mit Meena, der sanften, weißen Katze, die sie zwanzig Jahre ihres Lebens begleitet hatte, hatte sie ein inniges Verstehen verbunden. Als Kind hatte sie sich immer ein feines, silbriges Fädchen vorgestellt, das sie beiden verbunden hatte. Und auch später gefiel ihr diese Vorstellung, auch wenn andere das als esoterischen Quatsch abtaten. Doch als Meena, müde und alt, vor fünf Jahren in ihren Armen eingeschlafen war, da war der Schmerz so groß gewesen, als sei etwas in ihr gerissen. Sicher, Trauer und Schmerz wurden erträglicher, aber die Leere in ihrem Herzen war geblieben.

Und dann hatte sie Shardul aufgenommen, einerseits aus Mitleid für den armen, entführten Kater, zum anderen, weil sie auch gehofft hatte, dass er ein klein wenig den leeren Fleck füllen würde.

Er hatte griesgrämig ihre Fürsorge angenommen, aber sich standhaft geweigert, ihr auch nur einen Zipfel kätzischer Zuneigung zu zeigen.

Bis jetzt.

Sie öffnete die Augen und betrachtete den großohrigen, graugefleckten Kringel vor sich. Ja, es war Shardul, kein anderer, ähnlich aussehender Kater. Die

Fellzeichnung war zu ungewöhnlich, als dass es eine Verwechslung geben konnte.

Vorsichtig hob sie die Hand, um ihm über den Nacken zu streicheln. Noch nie zuvor hatte er das erlaubt, aber nun verstärkte sich nur sein Schnurren.

Und dann hob er den Kopf.

Und sah sie an.

Mit seinen großen, schwarzumrandeten, unergründlichen grünen Augen.

Sie versank in seinem Blick.

Liebe strömte aus ihnen.

Ein feines, silbernes Fädchen vibrierte zwischen ihnen.

Die Wunde in ihrem Herzen schloss sich.

»Shardul«, flüsterte sie.

»Mau!«

Er drückte seinen Kopf fester in ihre Hand.

Es war eigentlich gar nicht so schwer gewesen. Eigentlich nicht, nö. Eigentlich war es sogar ziemlich schön, auf Amitas Bauch zu liegen, ihre Hand um den Rücken geschmiegt zu fühlen. Alles Jucken und Zucken unter dem Fell war verschwunden. Das Schnurren fiel mir ebenfalls ganz leicht, und es übertrug sich auf sie, ich merkte es genau. Sie hatte große Angst gehabt, und sie war sehr tapfer gewesen. Durch dieses hauchfeine silbrige Fädchen hatte ich es gespürt. So wie ich jetzt ihre Liebe spürte.

Tatsächlich, Liebe. Wenn ich nicht so sauer wegen der Entführung – nein, eigentlich auf mich selbst – gewesen wäre, hätte ich es schon viel früher zugeben müssen. Sie hatte mich aufgenommen, einen verloren gegangenen indischen Streunerkater, fast verhungert und misslaunig. Sie hatte mich gefüttert und mir meine Launen nicht übelgenommen.

Ich brummelte vor mich hin. Noch glaubte sie nicht, was sie gesehen hatte. Das merkte ich ihr an. Das Wissen über die fliegenden Teppiche war verloren gegangen. Aber vielleicht machte das auch nichts.

Jetzt streichelte sie meinen Nacken, und ich hob den Kopf, um ihr in die Augen zu sehen.

Grüne Augen, Katzenaugen hatte sie. Und ich versank darin.

Silberfädchen.

Vertrauen.

Liebe.

»Shardul«, flüsterte sie.

»Amita«, schnurrte ich.

Ich drückte meinen Kopf fest in ihre Hand.

»Ich gehe hoch zu Amita, Janina. Sie sollte nicht alleine sein.«

»Ich komm mit, Papa.«

»Du solltest schlafen, Mäuschen.«

»Kann ich nicht.«

»Na gut. Dann komm.«

Doch Amita reagierte nicht auf sein Klingeln. Besorgt zog Remo den Schlüssel zu ihrer Wohnung aus der Tasche und schloss auf. Leise trat er ein. An der Tür zum Wohnzimmer blieb er stehen, Janina an der Hand. Im goldenen Schein einiger Kerzen lag Amita auf dem Sofa, eine Decke über sich, den schnurrenden Kater auf ihrer Brust und lächelte unbeschreiblich glücklich.

Shardul hob seinen Kopf und gab einen kleinen Laut von sich.

Amita ließ ihn los und sah ebenfalls zu ihnen hin.

»Geht es dir gut, Amita?«, fragte Remo leise.

»Ja, weit besser als noch vor einiger Zeit.«

»Wir haben über all die Aufregung vergessen, dass Weihnachten ist.« Remo trat an das Sofa und kniete neben ihr nieder. »Ich … ich wollte …« So richtig fanden sich die Worte nicht.

»Du wolltest den heutigen dummen Spruch loswerden?«

»Ähm … nein. Ich wollte … eigentlich wollte ich … na ja, ich habe dich immer geärgert. Und dafür – mhm – wollte ich mich entschuldigen.«

Sie setzte sich auf, und Shardul murrte.

»Ach ja? Weil Weihnachten ist?«

»Ja, auch.«

»Wie schade. Und ich wollte dir bei der nächsten Gelegenheit eine gepfefferte Antwort geben.«

Da lag doch ein Lächeln in ihren Augen.

»Dann ziehe ich augenblicklich meine Entschuldigung zurück, Captain Bunny!«

»Platzhirsch!«

»Mach nur weiter so.«

»Und dann?«

»Könnte ich mich bemüßigt sehen, dir die Sprache zu rauben.«

»Mach doch!«

Tat er.

Heiligabend

Ich war nicht ganz so besonders erfreut, dass nun auch Remo seinen Anteil an meiner Amita haben wollte, Aber da sie nichts dagegen zu haben schien, sprang ich von meinem warmen, weichen Lager und überließ es großzügig dem Mann, mit ihr zu kuscheln. Stattdessen schloss ich mich Janina an, die sich nach einem kritischen Blick auf ihren Vater abwandte und den Baum betrachtete.

»Shardul, der muss geschmückt werde. Komm, hilf mir!«

Das ließ ich mir nicht zweimal sagen. Janina öffnete die Kisten, die neben der Tanne standen, und holte allerlei Spielzeug heraus. Bunte Kugeln, Sterne, Glastropfen. Es war äußerst unterhaltsam, denn sie hängte dieses Zeug an die Äste, von denen es baumelte und schwankte, wenn man mit den Pfoten daranstupste. Besonders schön fand ich es, dass sie lauter glitzernde Silberfäden über die Zweige hing.

Aber dann fiel mir plötzlich etwas ganz Wichtiges ein.

Etwas galt es für mich noch zu erledigen.

Ich strebte zum Schlafzimmer, hüpfte auf die Kommode und rieb meine Wangen an der Messingvase.

Ich wartete, bereit, höchst demütig und dankbar dem Meena-Geist meine Achtung zu bezeugen.

Nichts tat sich.

Ich rieb noch einmal daran. Schnurrte.

Leer.

Ausgeflogen.

Oder?

Ich schnüffelte oben am Rand der Vase.

Täuschte ich mich, oder war da ein entfernter Hauch einer Markierung? Geradezu ein geisterhafter Geruch? Eine flüchtige Botschaft.

Ein Abschied.

Aber natürlich! Meena war auf die Goldenen Steppen gewandert. Sie hatte Amita freigegeben.

Ich hatte meine Aufgabe übernommen – das Silberfädchen war neu geknüpft worden.

Noch einmal streifte ich die Vase liebevoll mit meinen Barthaaren.

»Mach's gut, Meena. Und komm bald wieder!«, brummelte ich.

»Doch Papa, so war das«, sagte Janina. »Als Amita nichts mehr durch den Schnee sehen konnte, tauchte der rote Teppich mit Shardul auf. Er hat uns geholfen zu landen. Und dann ist er ins Wasser gefallen.«

Ihr Vater schüttelte den Kopf.

»Man hat manchmal solche Phantasiebilder, wenn man in Lebensgefahr schwebt, Janina.«

»Und wieso hat Amita Shardul dann aus dem See gefischt?«

»Das, Janina, frage ich mich auch schon seit diesem Augenblick. Erst dachte ich, da sei ein Kind ins Wasser gefallen, aber dann sah ich seine Augen. Irgendwie … Himmel, ich verstehe das auch nicht. Remo, hast du ihn heute rausgelassen?«

»Nein, natürlich nicht. Aber auf irgendeine Weise scheint er aus der Wohnung entwischt und zum See gelaufen zu sein. Obwohl, das ist für eine Katze eine ganz schöne Strecke.«

»Und warum sollte er ins Wasser gesprungen und zum Flugzeug geschwommen sein, Papa? Mhm?«

»Hast du dir das vielleicht auch eingebildet, Amita?«

»Papa! Ich hab Shardul die ganze Zeit an mich gedrückt gehalten.«

»Ich verstehe das nicht.«

»Ich auch nicht, Remo. Fliegende Teppiche sind zwar Bestandteil eines alten, zauberhaften Märchens, aber in Wirklichkeit ...«

»Aber Mita, wo ist denn der Teppich?«

»Draußen auf der Balkonbrüstung. Shardul hat heute Morgen draufgepinkelt.«

Janina hüpfte zum Fenster, machte es auf und schaute raus.

»Da ist kein Teppich!«

»Er wird runtergefallen sein. Es war windig.«

»Dann gehen wir jetzt runter und holen ihn hoch!«

Doch unten im Hof war kein Teppich.

Frierend kam Remo zurück in Amitas Wohnung.

»Für heute will ich einfach glauben, dass hier ein Wunder geschehen ist«, murmelte er und setzte sich neben Amita. Die Lichter des Weihnachtsbaumes leuchteten und brachten blaue Kugeln und silbernes Lametta zum Schimmern.

Janina kuschelte sich an die andere Seite von Amita. Shardul schlich aus dem Schlafzimmer zu ihnen und hüpfte auf ihren Schoß.

Still saßen sie zusammen, und goldene Fädchen hüllten sie ein in einen friedlichen Kokon aus Liebe und Vertrauen.

Fundsache

Weihnachten war ein tolles Fest, das wusste ich jetzt zu würdigen. Mein Bauch war fast zum Platzen gefüllt, meine Pfoten waren warm, mein Fell glänzte, weil Amita es gebürstet hatte, und meine Kehle war voller Schnurren.

Außerordentlich zufrieden musterte ich den roten Teppich. Er war jetzt wieder schön sauber und trocken, und die rote Seide fühlte sich weich und vertraut unter meinen Pfoten an.

Ich hatte ein wenig bedauert, dass der Teppich untergegangen war. Nicht, weil ich nun endlich wusste, wie man ihm zum Fliegen brachte, sondern weil er die letzte Verbindung zu meiner Heimat war.

Verbindungen musste man pflegen.

Meine Trauer war jedoch von kurzer Dauer, denn am ersten Weihnachtstag waren Janina und ihr Vater zum See gefahren, um sich die Bergungsarbeiten anzusehen. Zurück kamen sie mit dem nassen Lappen, und aufgeregt erzählte Janina der verblüfften Amita, dass sie den Teppich, am flachen Ufer angeschwemmt, gefunden hatten.

Menschen tun sich schwer, an solche Dinge zu glauben. Sie vertrauen lieber darauf, dass Maschinen, die deutlich schwerer als Luft sind, fliegen können. Na gut, vielleicht kommen sie auch irgendwann darauf, dass sich auch andere Gegenstände, wenn sie mit der richtigen Magie betrieben werden, in die Luft erheben können.

Wünsche gehen in Erfüllung – wenn man es richtig anfängt. Das hatte ich nun auch gelernt.

Vermutlich würde auch Janinas bald in Erfüllung gehen.

Es besuchte uns nämlich ein Mann, der in dem Flugzeug gewesen war. Ich erkannte seinen Geruch wieder – es musste seine Jacke gewesen sein, die er Janina gegeben hatte. Er hatte Blumen für Amita mitgebracht und ein dickes, altes Buch, das wunderschön anzusehen war. Die »Geschichten aus Tausendundeiner Nacht« enthielt es, und ich umstrich es aufmerksam und rieb schon mal vorsorglich meine Schnauze daran. Nicht, dass es mir jemand wegnahm.

Die Menschen unterhielten sich währenddessen angeregt, und mich bewunderte der Mann gebührend. Besonders hellhörig aber wurde ich, als er erzählte, dass er eine hübsche weiße Kätzin besaß. Jung noch und sehr abenteuerlustig.

Solche pflegen im Frühjahr gerne auf die Suche nach einem Kater zu gehen, dachte ich mir.

Und im Mai dann ihren Menschen mit ihrem Nachwuchs zu überraschen.

Mal sehen …

Als er gegangen war, blätterte Janina schon begeistert in unserem Buch herum, und als Remo sich zu uns setzte und begann, eine der Geschichten daraus vorzulesen, fühlte ich mich ganz heimisch. Es war wie damals im Bazar, als der Märchenerzähler seine Geschichten spann. Gemeinsam hörten Amita, Janina und ich von den Abenteuern, die Aladin mit der Wunderlampe erlebte, von seiner Werbung um die schöne Prinzessin Badulbudur, dem bösen Zauberer und dem fliegenden Teppich.

Ach ja, den Teppich verprügelte ich jedenfalls jetzt nicht mehr. Aber es machte mir großes Vergnügen, Anlauf zu nehmen, drauf zu springen und mit ihm durch die Wohnung zu schlittern.

Manchmal hebt sich dabei ein Eckchen.

Aber das bleibt unser Geheimnis!

Nachwort

Wer Katzen hat, kann mir sicher bestätigen, dass es Zeiten gibt, in denen sie nicht einfach nur ruhig dösen, schmusen, futtern oder mausen, sondern sich reichlich absurd verhalten.

Ich beobachte meine Hausgenossen oft kopfschüttelnd, wenn sie aus offensichtlich tiefstem Schlummer urplötzlich aufwachen, aufspringen und wie besessen durch die Zimmer jagen. Oder friedlich auf dem Sofa liegen, und mit einem Mal zu knurren und zu fauchen beginnen, als säße der leibhaftige Katermörder auf der Lehne.

Besonders aber fasziniert mich aber ihr Verhalten den Teppichen gegenüber. Da gibt es einen, der ganz harmlos vor dem Tisch liegt. Häufig sitzen meine beiden Katzen gemeinsam darauf, eine vorne links, die andere hinten rechts, die Nasen in dieselbe Richtung gereckt, ein verträumtes Grinsen unter den Schnurrhaaren.

Doch diese Harmonie herrscht nicht immer.

Es kommen Augenblicke, da rast eine der beiden auf den Teppich zu, packt eine Ecke, rollt sie sich über den Rücken, so dass sie wie in einer Höhle liegt und beginnt das arme Heimtextil mit größter Wut zu verprügeln.

Warum? Warum muss der bedauernswerte Teppich sich diese rüde Behandlung gefallen lassen?

Ich habe geforscht, ich habe nachgedacht, ich habe meine Katzen befragt …

Inzwischen ahne ich, warum sie es tun.

Und auch, warum sie an anderen Tagen mit verklärten Lächeln unter den Schnurrhaaren auf den Ecken sitzen.

Sie träumen vom Fliegen.

Manchmal aber scheint der Teppich Startprobleme zu haben. Und dann ist Kralle gefragt.